李娟
Li Juan

河崎みゆき 訳

アルタイの片隅で

インターブックス

自序

これらの作品は二〇〇四年頃に書き上げたもので、一九九八年から二〇〇三年頃の生活の様子を描いたものです。その内容は私の一冊目の散文集『九篇雪』の続編であり、かつ同様に文章を書く練習のための作品です。もし本にして出版する必要があるとするなら、おそらくそこに描かれたこれらの自分の体験した遊牧地域の生活風景のおかげで、それを記録した人があまりいないからでしょう。

私の家はずっとアルタイの遊牧地域で、半流動的な雑貨店兼裁縫店を開き、羊の群れを追って南北を移動してきました。その後、定住したものの、やはりカザフ族の冬の定住地区で暮らしました。それはエルティシ川南側ゴビ砂漠※のウルングル川一帯にあります。実は、私はその前、学校で勉強し、その後また働きに出たので、あの家で暮らした時間はそんなに長くはありません。ただ、ちょうど最も好奇心に富み、夢見がちな年齢だったため、あの頃の私の目で見たもの、耳で聞いたことは心から離れることはなく、少しずつ書き続けていったのです。もしその中に何篇か美しい文章があるとしたら、私が描いたことが素晴らしいのではなく、私が描いた対象自体が美しかったからです。私は今に至ってもそんな美しく強いものに頼って存在できているのです。いつかは私も強く成長したいものですが。

書くことはとても好きです。そして、少しずつ、唯一の自分のできることになっていきました。他の物書きの人達と同じように、倦むことなく書いていくことで学んでは、心地よいところを模索してきました。

これらの本に収められた作品の中にある多くの考え方や話し方はすでに今の自分でも違うと思うところがありますが、でも私はやはりそれらを大事にしたいと思います。また読み返すたびに、しみじみと荒野の中に一人で立っている自分を見つめることができます。努力し、我慢も重ね、様々な美しいものの意味を知ってきた過去の自分……長い過程の中で、あの時期を通して少しずつ成長してきたこと、少しずつ静かに、少しずつ見聞いて開けてきた平衡感覚。それはすべてが今の生活の基本であり、拠り所であって欲しいものかもしれません。そして私の創作は始まったばかりであると感じさせてくれるのです。

二〇一〇年　春

…………………………………………………………

※ゴビ砂漠は固有名詞ではなく、砂礫砂漠を指す。

目次

装幀&本文デザイン　大森裕二

アルタイの片隅で

カ・ウ・ト・ウ・で

ある普通の人

ある人……その名前はまったく複雑で、だから私たちはすぐ忘れてしまった。彼の顔はごく普通で、だから私たちは彼がどんな顔をしていたかが思い出せなくなってしまった。つまり、私たちは本当に、彼が誰なのかがわからなかった。でも彼はうちにツケを残したままだった。

あのとき、彼は羊を放牧しながら、うちの店の前を通りかかり、中に入ってちょっと見て、八十元の品物をツケで買って、行ってしまったのだ。うちの店の売掛金のノートに自分の名前を書いて(何文字かの読めないアラビア文字で)。それからというもの、私たちは暇があると、その売掛金のページを繰り返し見て、このお金を誰に取り立てに行けばいいのかと考えた。

遊牧地でのツケの取り立てはなかなか大変だった。遊牧民たちは羊を追ってとどまることがなく、今日はここでパオを組み何日か留まり、明日はまたあちらで一晩と、南から北へと休むことなく水や草を求めては、移り住む。その上、ことばがあまり通じないし、不慣れな場所だから……私たちはやっぱり、ツケを取り立てに行く気にならなかった。

幸い遊牧民は、まじめできっちりしているし、信仰があるから普通ツケを踏み倒すようなことはなかった。ツケで売るのは一見危ないように見えるが、長い目で見れば、結局採算は合っているものだ。

春、彼らは羊飼いをして山へ登って行くが、荒涼とした冬の放牧地から移ってきたばかりで、羊たちは痩せ細り、遊牧民たちの手にも現金はいくらも残っていない。なのに急に生活用品が必要になるから、ツケで買うしか暮らす方法がないのだ。秋になると、羊の群れは南下して来るがそのときは体も肥えて丈夫だ。つまりそのキャラバン隊がカウトゥ一帯を通りかかるときが、すなわちツケを請求するのに最適な時期だと言える。でも、その頃と言えば、我が家もいつも引っ越しをし、借りを返しに来た人は店がどこかわからず、人に聞いてなんとかうちの店を見つけて来てくれるのだ。彼らは借りを返し終わって、自分の目で私たちが売掛帳をめくって、鉛筆でその名前に線を引くと、やっと安心して去って行く。身も軽々と。でも、このカウトゥで、ノートの薄い紙の上にうっすら書かれた名前が、一人だけしっかりと引っ掛かっていた。

古い売掛帳にあった名前にすべて線を引き終わったが、ただその人の名前だけしっかりとそのページの紙の上に書かれたまま数年がたった。

私たちもちょっと焦りだし、なんとかこの人の行方を知る方法はないかと考え始めた。

冬の日のある日、店に一人のお客がやって来た。その重くてしっかりした緞子裏地の狐革の帽子を見て、遊牧民だと思い、私たちは、そうだ！　と、売掛帳を出してきて、この人、知り合いではないですかと聞いてみた。うちのおかあさんの元の言い方を借りるなら、「ほらあの恥知らずの」、「悪いやつ」ということになる。

なんと、その人は一目見るなり驚いて、「これ、これ、これ俺じゃないか？　これは俺の名前で、俺が書いた字だ！」と。

うちのおかあさんは、もっと驚いて、数秒前に「恥知らず」とか「悪いやつ」と罵ったばかりだからバツが悪そうに、もごもご言い始めた。「あなたなの？　ほほほ、お客さん？　へへ。お客さんでしたか……。」

この人はあごひげをつかんでしばらく考え、いったい自分がいつ、この八十元で何を買ったのか、どうして買おうとしたのか思い出せない様子だった。

彼はすまなそうに、「どうしても思い出せない。」と言いはしたものの、支払いを渋っている様子ではなかった。なぜなら、確かにその文字は彼のものだったからだ。

ただ、筆跡というのは、結局は、やはり、本人がそうだと言えばそうで、私たちは彼がふだん、どのような字を書くのかも知らないのだ。いずれにせよ、彼はツケを踏み倒すつもりはないということだ。

この人は家に戻って、その晩のうちに二十元届けて来た。それから八か月の間、四回に分けて、残りの六十元を払った。

見たところ、彼は本当に貧乏のようだった。

春からたった二十センチの雪うさぎ

私たちはもやもやしたカザフ語でお客さんと商売をし、彼らもまたもやもやと理解し、それでも最後はなんとか商売が成り立った。相手のことばが上手でないということはどうでもよかった。伝われればそれでよかった。もし伝わりさえしないなら、想像力が強くなければならない。でも、私は最初っから想像することすら下手で、同じものを売ることさえまるで「蜀の道は険しい」という（李白の）ことばのように至難の業だった。つまりお客さんのために、棚のはじからはじまで指さして、「これですか？　これ？　これですか？　これ？　……」と。そしてまた、いちばん下の段からいちばん上の段まで、「これ？　じゃなくてこれ？　これ？　これですか……。」と、最後まで苦労した挙句、相手が欲しいものはたった一箱一毛※のマッチに過ぎないかもしれなかった。

私から見ると、うちのおかあさんはいつも自分がいちばん正しいというように様々な交流上の問題を解決していくが、間違いなく彼女の理解は多くの面でトンチンカンだった。でもおかあさんの

※日本円で一・五円位。

あの間違った理解の仕方が、結局正しかったこともあった。私もうまく説明ができないけど。

もしかして私が、おかあさんが理解していることを間違って理解しているだけなら、つまり、おかあさんの理解が正しいのだ。でもおかあさんは、思ったことの表現方法があまり正しくはない。

もしかしたら正しいのかもしれないけど、私の理解とはしっくりこず、私を納得させることができない……ああ、自分でさえわけがわからなくなってしまう。私はわざと簡単なことを複雑にしてみせているのではなくて……すべてが本当に複雑なのに、みんな結局こんなふうに簡単に生活し、何事もなく暮らしている。これは本当に不思議だ、本当に。

そして、雪うさぎのこと。

ある冬の雪の夜、すでに夜もすっかり更けていた。私たちはストーブを囲んで、静かに仕事をしながら、たまに遠い遠いことについて話をしていた。このとき、ドアが開いて、誰かが重く濃い寒気と霧をまとって中に入って来た。私たちは彼になんの用？　と聞いたが、この実にまじめそうな人が何を言っているのかしばらくはっきりしなかった。そこで私たちは彼を相手にせず、自分たちの仕事を続けた。彼はそこで一人で困ったように何かをしばらく考えていて、最後に比較的はっきりした「表現を組み立て」た。

「あんたたち、黄羊※はいらないか？」

「黄羊？」

私たちは驚いた。

「そうだ。生きた黄羊だ。」

私たちはまた驚いた。

おかあさんとお針子の建華はすぐに、羊を買った後、囲いをどこに置こうかと話し始めた。私がまだ何も言わないうちに、彼女たちは石炭置き場で飼うことを相談し終えていた。

私は大声で、「でも黄羊を飼ってどうするの?」と言った。

「わからないけど、先に買っといて、考えればいいんじゃない。」

おかあさんは、また振り返ってまじめそうな人に聞いた。「その黄羊は最低いくらなの?」

「十元。」

私たちは、三度驚いた。「黄羊」は名前にこそ「羊」という字があるが、実際は鹿のように美しい野生動物で、体も羊よりずいぶん大きかった。

私もすぐさま賛成に加わった。「そうね。黄羊を飼ったら、私はアーハンの家に飼料を貰いに行く。彼の家は春の小麦粉の代金をずっと返してくれてないし……。」

我が家の興奮した様子を見て、そのまじめそうな人は至極満足気で、自慢気でもあった。おかあさんは、彼の気持ちが変わるのを恐れて、すぐに勘定台にお金を取りに行き、こう頼んだ。

「いい子ね、これからも黄羊がいたら、家に持ってきてね。何頭でもうちでは買うわよ。他の所に

※モウコガゼル。モンゴルやロシアの草原に生息する鹿に似た動物。

持っていかないでよ……持っていったって無駄なんだから。こういうものは、うち以外に誰も欲しがらないんだから……。」

ちょっと恥ずかしいけど、もし私だったとしても、こういうちょっと嘘っぽい説明をしたかもしれない。誰だってお得なものは欲しい。

お金を渡してから、私たち一家はみんな嬉しそうに彼のあとについて羊を引っ張りにいった。ドア近くの雪の上には子どもが立っていて、胸の辺りがモコモコ動いていた。上着の懐に何かを入れているのだ。

「え、小さい黄羊なの?」

子どもが上着をゆっくりと開けると、

「あ、白い黄羊ね……。」

……

つまりこうだった。あの冬の雪の夜、私たちはもやもやと十元で一匹の野うさぎを買ったのだ。もし他の人だったら、十元なら最低三匹買えただろう。

これがつまり、最初にあれこれと書いた理解不能な間違いの起きるタイプというやつだ。コミュニケーションはまったくもって重要な問題だ。

なんと言っても、もう買ってしまったのだし、私たちはこのうさぎが好きになった。とてもきれいで、さすが十元で買っただけのことはある。他の三、四元のうさぎたちと比べものにならない。子羊みたいで、しかも、生きているもの。他の人たちが買うのは普通、カチカチに凍ったものだ。

その上、うさぎは青い目をしていた！　誰の家のうさぎがこんな青い目をしているというの？（しかし後になってわかったのだが、すべての野うさぎの目は青くて、家うさぎだけが赤いのだそうだ。）

この種のうさぎを「雪うさぎ」とも言う。確かに雪のように真っ白でつややかに光を放ち、雪の中でうずくまったら絶対にわからないだろう。でも聞くところによると、暖かくなるとその毛はだんだんと土色に変わるそうだ。そうすれば、ゴビ砂漠を走り回るときには、あまり目立たなくなるというわけだ。

こんなに賢いカモフラージュができるのだから、どうしてつかまってしまったんだろう。やっぱりか弱い生き物なのに。まったく、罠にかけた奴はひどい奴だ。――その後、私たちはうさぎの後ろ足に、罠に挟まれたひどい傷跡があるのを見つけ、あの「まじめそうな人」をそう罵った。

うちには上の部分がない鉄のケージがあったが、それをひっくり返して、うさぎを石炭置き場の角に閉じ込めておいた。毎日、何度も見に行ったが、いつもうさぎは静かにケージの中にいて、永遠にカリカリと半分凍ったニンジンを齧っているようだった。うちのおばあちゃんはもっとまめだった。あるときなど、売り物の棚のポップコーンを食べさせたり、小さい声で「うさぎ、うさぎ、ひとりぼっちでかわいそうだねぇ……。」と話しかけたりした。私は石炭置き場の外で聞いて、胸が熱くなって、突然うさぎが本当にかわいそうになった。それからおばあちゃんもかわいそうだと思った。……いつもこんなに寒いから、おばあちゃんは毎日、パンパンに厚着して、しっかりとストーブにしがみついたままどこへも行こうとしなかった。うさぎが来てからというもの、おばあちゃんはお店と石炭置き場の間を行き来するようになった。おばあちゃんが行く道、戻る道で用心深く壁を触って歩くのをいつも見かけた。どこもかしこも凍りついていたから。あるときは耳も覆って、あるときは袖に手を入れていた。

冬はそんなに長いのだ。

でも、我が家は暖かくてなんといいんだろう。黒くて汚い石炭置き場と言っても、凍える雪と氷の場所よりずっと快適だ。その上、私たちはうさぎをあんなに大事にして、自分たちが食べるものはなんでも分け与え、だから瞬く間にうさぎはモコモコに太り、怠け者になり、目ももっとピカピカ光って、青々としてきた。もし誰かが、「このうさぎなら炒めて、何回か分のおかずになる」とでも言おうものなら、キッとその人を睨みつけただろう。

私たちは本当にこのうさぎが好きだった。かといって、うさぎをケージから出して自由自在に遊ばせる気にはならなかった。もしうっかりうさぎが外へ飛び出してしまったら、外はあんなに寒く、食べ物もなく、もしかしたら飢え死にしてしまうかもしれない。万一、村の人たちに捕まえられたらことだ。とにかく、私たちは我が家だけがうさぎを大事にしてやれるのだと思っていた。

おかあさんはしょっちゅう手をケージの隙間に伸ばし入れ、ゆっくりとうさぎの柔らかくて大人しい体をなでた。するとうさぎは、ブルっと身震いして、深く頭を前足の間にうずめ、二つの長い耳をぺたりと下におろすのだった。ケージの中では、うさぎは隠れる場所もなく、どこへも行けなかった。でも私たちが本当に悪気もないってことをどうやってうさぎにわからせたらいい？

一日一日と過ぎてゆき、だんだんと暖かくなってきた。外はまだ寒いとは言え、冬のいちばん寒い時期はすっかり過ぎ去った。私たちは真っ白な雪うさぎの体に、はたして一本の灰黄色の毛が伸びてきたのに驚いた。うさぎが私たちより早く、もっと敏感に春の訪れを感知している証拠だった。けれどもこうしたある日、この鬱々とした性格のうさぎは、ついに逃げ出したのだ。

我が家は全員、悲しみ、かつ不思議に思った。

うさぎはどうやって逃げたんだろう、うさぎはどこまで行けるんだろう？　村は雪に埋もれ、人と犬だらけで、うさぎがそんなところで食べ物が見つけられるの？

私たちは庭の周辺を隈なく探し、遠くまで行ってみたが、うさぎを探し出すことはできなかった。

それからまた長い時間が経った。毎日出かけるときには、いつものように行き帰りの雪の中で、四方をキョロキョロ見回した。

私たちは門口の目につきやすい場所に白菜を置いておき、うさぎがそれに気がついたら家に戻れるようにしておいた。それから、誰も、その凍ってカチカチになった白菜を片付ける人はいなかった。

その鉄のケージもずっと空っぽのまま、もとの場所に伏せて置かれたままで、ある日うさぎが戻って来るのを待っているようだった。それはまるで、うさぎが突然掻き消えたのと同じように、またケージの中に突然現れる、そんな感じだった。

やっぱり、ある日、うさぎは本当に再びケージの中に現れたのだ……。

それは、ほぼ一か月が過ぎた頃だったか、私たちは綿入れを脱ぎ、身軽になってあれこれ立ち働いていた。窓に被せていたフェルトのカーテンや、ナイロン布なども全部取り払い、店の入口の重くて厚みのあるキルトのカーテンも取り外し、翌年の冬また使うまで床の下に丸めて入れておいた。それから石炭置き場をよく掃除して、落ちた石炭も数え直した。

ちょうどそのときだ、私たちがうさぎを発見したのは。

ついでに言うなら、石炭置き場のあのケージはずっとあの暗い角の壁の下のほうに置かれたままで、目を凝らしてしばらく見れば中の動きがわかるはずで、もしうさぎがいるなら、その雪のように真っ白い毛皮がきっと目につき、すぐに見つけ出せるはずだった。でも、私たちがケージの近くを行ったり来たりして何日も経ってから、やっとその中に何か生きたものがいることに気がついた。でも死んでしまったものなのかもわからなかった。でも、それはピクリとも動かず、ケージのいちばん奥にうずくまっていた。目を凝らしてみると、これはうちのうさぎじゃないの！

うさぎのもともと全身厚く光っていた毛皮はまばらになり、体は濡れて汚れ、目もはっきりしていなかった。

私はずっと死んだものと思い恐かったけれど、おそるおそる手を伸ばして触ってみると……骨はまだばらばらになっていなかった。息があるかどうかはわからない。どうも体は少しも息をして起伏している様子がない。私は死んでしまったものより、死にかけのものぐらい恐いものはないと思う。いつもこんなとき、その魂は最も強烈で、最も恨みを抱いているように感じてしまう。私は飛んでいって、おかあさんに話すと、おかあさんも慌てて見に来た。

「ええっ？　うさぎはどうやって戻って来たの？　どうやって……。」

私は、おかあさんが用心深く、それをつまみ上げるのを遠巻きに見ていた——すでに失踪して一か月のうさぎを抱き上げ、それから温水でその口をふき、水を飲ませた。またなんとかして、私たちが朝ご飯のときに残したお粥をうさぎにゆっくり食べさせようとした。

おかあさんが、具体的にどうやってこのうさぎの命を助けたかは私にはわからなかった。だって本当にその全行程につきあう気になれなかったし、そばで見てるだけでゾッとしたから……死というものを受け入れることができなかった。ことに自分の周りで死んでいくものには、きっと自分もその罪の一部を担っていると思った。

でも、それから私たちのうさぎは頑張って元気を取り戻し、しかも以前より少し丈夫になった。五月になると毛は完全に黄土色に生え変わり、そして庭をぴょんぴょん嬉しそうに走り回り、おばあちゃんを追いかけて食べ物をねだるようになった。

さて、一体どういうことだったかをお話したい。

私たちがあのうさぎを閉じ込めるのに使っていたケージには底がなく、壁の下のほうに寄せて置かれていた。そこでうさぎはこっそりと穴を掘り始めたのだ。やっぱり、うさぎだから。しかも石炭置き場は暗くて、いろんなものが積まれていたから、ケージの奥の真っ暗なところに穴があるなんて誰も思わなかった。私たちは、うさぎはケージのいちばん幅広い柵のところから逃げ出したものとばかり思っていた。

うさぎが掘った穴はせまく、人の腕の太さほどで、私が手を伸ばして中を探ると、先には届かず、炉かき棒でつついてみても先っぽには届かなかった！　それで、もっと長い針金を突っ込んでみると、このトンネルの長さは二メートル以上あることがわかった。壁に沿って東にずっと伸び、玄関のところまで続き、おそらくあと二十センチ位で外に出ることができた……。

まったく想像もできない。私たちが暖かな食卓を囲んでいたとき、私たちが一日を終え、夢を見始めていたとき、私たちが他の様々な新しいことをたびたび笑い合っていたとき……このうさぎがどうやって、真っ暗で冷たい地下でひとりぼっちで飢えと寒さに耐え、少しずつ同じ動作を繰り返していたのか。春に向かって行く動作を……。

まるまる一か月の間、昼も夜もなく、この一か月間、うさぎはまた一回また一回、もう最後というときにいくども直面し……そのとき、うさぎはすでにわかっていただろう。生きることはもうできないかもしれないことを。でもその絶望の中で諦めることなく、時の静けさと魂の静かさの中で、春が少しずつ少しずつやって来ていることを感じながら……まるまる一か月……あるときは、おそらくゆっくりとケージのほうへ戻り、あの限られた空間の中で食べるものを探して。でも何もなかった、一滴の水さえなかったのだ。うさぎはしかたなく柵をのぼり、ケージの上に置いてあったダンボール箱を齧り、（後で気がついたのだが、ダンボール箱の底の届く部分は全部食べられてしまっていた。）ケージの中に落ちていた石炭滓を齧り、（見つけたときは、うさぎの顔と歯は真っ黒けだった……）なのに、私たちは少しも知らなかった……うさぎがすでに息も絶え絶えになって何日も経ってからでさえ、私たちはゆっくりとしかその存在に気づかなかったのだ……。

みんなは言う。うさぎは臆病だと。でも、私が知ったのは、うさぎは実はとても勇敢だということ。うさぎの死には恐れがない。落とし穴でも、ケージに閉じ込められたとしても、逃げ出すか、飢えるか、行き止まりでも、死に際まで、うさぎはあんなに物静かで無頓着なのだ。運命の変化に直面すれば、うさぎも震え、あがくかもしれない。でもそれは、恐れのためではなく、何が起こっているのかわからないからに過ぎない。うさぎは何を知っているのだろう？　すべては私たちの想像の外に存在し、コミュニケーションをとることはほとんど不可能だ。おばあちゃんがよく、「うさぎ、うさぎ、おまえは一人でかわいそうだねぇ……」というのも無理はない。

私たちの生活はなんと孤独なのだろう。春がやって来たというのに……うさぎは庭中を駆け回って、二つの前足で子犬のようにおばあちゃんの靴を掴んで嚙んだり引っ張ったりしながら——うさぎはおそらく何も覚えていないのだ。

うさぎはいつも私たちに比べ、ものの見事に、よくない思い出は忘れ去ってしまう。だからこそ、いつも私たちよりももっと命の喜びを感じているようだ。

カウトゥのおかしな銀行

カウトゥの村役場は、村の西の林の中にある長屋式の赤い屋根の小さな建物だった。そこは少しも厳粛な感じはなく、そこら中にスズメや野バトがいて、一群のシャコたちが一日中、村役場の事務室の窓の外、林の中をクラークラーとあちこち啄《ついば》んで回り、キツツキは休むことなく高いところでトットットッと木をつつき、カラスもまたカァーカァーと鳴きながら飛び回っていた。

カウトゥの郵便局は、役場よりもっと丁寧に作られた赤いレンガの建物で、真っ黄色の木の屋根と真っ白な木の柵があった。残念なことにこんなにきれいな郵便局が営業しているのを見たことがない。人の話では、郵便局の局長はずい分前に町の中心に家を買い、一家をあげて引っ越して、町の人となり、その後はカウトゥへは戻って来なかった。それでも、今なおカウトゥの郵便局長なのだそうだ。なんだか変な話だが。

局長を除いて、郵便局にはもう一人職員がいた。でもいつもは村の左官屋で、誰かの家に仕事があれば行って手伝い、小銭を稼いでいた。たまに、まるである日、突然思い出したかのように一軒一軒と手紙を配って回るのだ。またあるときは、彼は一軒一軒雑誌の購読の申し込みをしないかと聞き回り、うちにもやって来たことがあった。私たちは嬉しくて、二部ずつ注文したが、今に至るまで一冊だって届いたことがない。

でも、やはり彼のところで切手や封筒を今も買うことができる。ただし、あの童話のような郵便局の赤い家ではなくて、彼自身の家で。

その日、私は村の半分位の人に道を聞いて回って、やっとのことで彼の家を探し当てて行くと、彼は自分の家の床の敷物の一角を巻き上げ、手を伸ばしてしばらくゴソゴソ探し、そして最後にカザフ語の古新聞の束を取り出した。国の切手と封筒はその新聞の中に挟んであり、彼のおばあさんのフェルト刺繍の模様見本帳と一緒に入っていた。

カウトゥの銀行は、実は小さい信用社※に過ぎなかったのだが、私たちはみんなそれを銀行と呼んでいた——それは、私たちの家の道を挟んで向こう側にあった。村役場や郵便局に比べると、「銀行」はずっと素朴な感じで、やはり赤レンガの平屋だった。でも建物の前の小さい庭を囲むように小さい木の柵があり、柵に沿ってグルっと十本位の高い柳の木とポプラの木が植えられていた。庭の門は低く、柵のところに「信用社」と書いた小さい銅の看板がかかっていた。砂利道が庭の門からまっすぐに赤い家の階段の下まで続き、赤い家の庇《ひさし》の上には草が鬱蒼《うっそう》と茂っていた。庭にはまばらにバラの花と、二〜三株のひまわりが植えられていた。庭の一角に井戸があり、井戸の台はつやつやと光っていた。もう一角には、小さい木の棚に石炭がたくさん積んであった。これに犬が一匹繋がれ

※中国農村部に展開する金融機関。

ていたら、普通の人の家の庭となんら変わらなかっただろう。

庭に生えた何本かの大きな木の間には、何本ものロープが張ってあったが、おそらく洗濯物を干すロープだ。そこは広くて日当たりのよい場所だった。だから私は洗った衣類を大きな盥《たらい》に入れて運んで行き、何本かのロープに色とりどりに干して、干し切れないものはあちらに一着こちらに一着と高い木の枝に引っ掛けておいた。我ながらいい場所を見つけたと思っていたが、結局、銀行長を怒らせてしまった。彼は私が干したシーツを引き下ろし、パタパタはためかせながら道を渡ってうちにやって来て、ギャアギャアとなんだかわからないことをしばらくわめき散らした。つまり、あそこに洗濯物を干してはいけない、ということだった。

まったく、もし洗濯物を干してはいけないのなら、何本か渡してあるロープはなんのためにあるのかしら?

後で思い返すと可笑しい。私はなんと銀行の入り口に、下着や派手な柄のシーツだのを干していたのだもの。

この銀行はあんなに小さく、あんなに目立たないから、中もきっとお金もそれほどないはずだ。しかも人が入って行くのをほとんど見たことがない。その上、銀行に出勤して来る何人かの職員も毎日ぷんぷん酒臭く、あちこちにツケをしているようだった。

銀行のダワリエはうちの店で革の帽子を抵当に入れ、ひと冬前からこの冬までずっと取りに来ていない。彼もきっと、心に葛藤があるだろう。帽子が欲しければ、ツケを返さなくてはならないし、返さなくても、冬は帽子が必要だから、別の帽子を買うならやっぱりお金がいるし……いずれにせよお金を払わなくてはならないのだ。

子どもたちは夏になるとみんなお尻を丸出しにして銀行の庭で遊ぶのが好きだった。銀行の庭を流れる水路には小さい魚がチョロチョロ泳いでいた。他にも銀行の庭の木は立派に成長し、子どもが登って遊ぶのに適していて、枝がわさわさと茂り、木の幹は曲がりくねって、突き出した木のどのコブにも登って立つことができた。だから庭の木には、いつも子どもがいっぱいいて、見上げて一声叫べば、すべての頭がクルリとこちらへ振り向き、すべての目がこちらを向いた。普通、叫ぶのはもちろん銀行長だった。その子どもでいっぱいの木の下は、一秒以内にまるで木の実が落ちてくるみたいに、ポトポトと降りてきて、瞬く間に一人もいなくなってしまい、一面に木の葉が残った。

ひと夏中、この銀行はとても静かだった。あそこで働くのはきっと気持ちがいいだろう。ほとんど何もすることがなく、留守番さえしていればいいのだから。その上、木も多く、きっと涼しいに違いない。うちの店ときたら暑くて堪らなかった。周りには一本の木もなく、遮るものがなく、太陽に照らされ、部屋の中で座っていると汗びっしょりになった。私は毎日、銀行の庭のあの井戸で水を汲み、ひまわりが日一日と高くなっていくのを見ていた。葉っぱはどんどん生えてきた。ああ、もし私たちがあそこに住んでいたらいいのに。私はあの庭の水路が好きだった。水はいつも澄んでいて、水辺には黄色いタンポポがたくさん生えていた。

冬、銀行の、あの職員たちはほとんど出勤して来なくなる。それればかりではなく、カウトゥの商工会や、地税署、供銷社※だの……にも働きにやって来る人はいなくなる。この人たちは本当に幸せだと思う。だから近所では、こんな情景をよく目にした。銀行の庭の平らな場所には膝下あたりまで雪が積もり、雪の上には深く足跡が残っている。たまに来てちょっと仕事をして行く職員たちが来るときには皆、この足跡がしっかりついたところを踏んで行くから（実は他に方法がないのだ）、ひと冬中、銀行の玄関には足跡がたった一つあるだけだった。

半年続いた長い冬が終わると、うちのおかあさんは、遊牧民の後について山に入る準備をし始める。だいたい私たちのようにここで商売をする人たちは、夏は羊の群れが動くのに従い流動的な雑貨店を開く。夏の牧場では商売の売り上げは上々だ。私たちもそうしたいが、ひと夏分の商品を十分準備するとなると、うちには資金が足りない。そこでおかあさんはいつか銀行にお金を借りに行こうと考えるようになった……。

まったく、おかあさんはどうやってお金を借りるというのか！　この小さい銀行のローンはほぼ一種類しかないことを知らなくてはならない。つまり、春の種まきのための農業ローンだけしかないのだ。しかしおかあさんは農民でないばかりか、地元の人とも言えない――私たちはカウトゥに来て、店を開いて一年ちょっとにしかならない。それどころか富蘊《フーユン》県の人とも言えない。富蘊県に来て間もなく二十年になるとは言え、地元の戸籍もまだないのだから……なのに後に、おかあさんはなんとかお金を借りることができたのだ……。

なぜなら、みんなご近所さんで顔を合わせるから、私たちにお金を貸さないわけにいかなかったようだ。

そう、この銀行は年がら年中ひっそりしているけれど、農業ローンが貸し出されるその二日間だけは賑やかだった。朝早い営業前から、人々は玄関先に並んで待っていた。数百キロ以上遠くに行った地元民さえ急いで帰って来る（カウトゥの土地は狭く長く、東西は数十キロに過ぎないが、南北はなんと数百キロある。）、銀行の庭を囲う柵は、繋がれた馬でいっぱいだった。道は二人、三人と集まって来て大賑わいで、農業ローンの話題で持ち切りになった。おそらくこのローンが地元で手続きできるようになってから、二年も経っていないことが原因だろう。地元の人はこの「ローン」という概念もおぼろげで、なんとそれは国が配給するみんな自由に使えるお金だと思っていて、明らかにお金に困っていない家庭でさえお金を借りに来て、家に持って帰ってほったらかしにしておくのだ。私たちの理解もこの程度だったけれど……。

うちのおかあさんはみんなに聞いた。「返さないつもりじゃないでしょうね？」

聞かれた人はとても変な答えをした。「返さないことがあるもんか。お金があればいつでも返すさ……。」

これはまだましなほうだ。最もおかしいのはうちのおかあさんだ。おかあさんはどうやってお金を借りられたのだろう。

その日、おかあさんは、朝から午前中いっぱい行列に並び、昼ご飯の頃、私はおかあさんを呼びに行った。銀行の庭の騒がしい人たちの群れを抜け、やっとドアの中へ入り込み、一歩足を踏み入

※物資の購買・販売を一緒に行う機関。

れると、めまいがした。黒々した頭がひしめき合っていたのだ……。

銀行の中は五十センチほど床が下がっている。一歩入ると段があるため、私が立った玄関付近がいちばん高く、そこに立ってしばらく見渡したが、うちのおかあさんの頭はどれなのかも見分けがつかなかった。ワイワイガヤガヤと熱気に溢れ、何度か叫んでやっとおかあさんが振り返るのが見えた。手には一通の封筒を持って人ごみを押し分け、窓口からこちらへ向かって来ようとしていた。

これが、私が初めて銀行の内部を見た体験だった。とてもとても狭くて、鉄の棒が溶接された窓口までは十数平方メートルの空間しかなく、赤レンガの床、きらきら光る銀紙のリボンで天井は張り巡らされ、木の窓枠は緑のペンキで塗られていた。

つまりこうしてお金を借りることができたのだ。たったの三〇〇〇元に過ぎないけれど、ちょっと申し訳ないのは……いまだに返していないこと。

おかあさんの言い分では、あれは銀行の行長が転勤してしまったから、誰に返していいのかまったくわからない……また誰も家にこのお金を請求に来た人もいないし、その後、私たちも何度も引っ越しちゃったからね、と。

二〇〇九年の補足：二〇〇六年の夏にそのお金はやっぱり返済した。なぜならあの銀行の行員が夏の牧場の親戚を訪ねて来て、深い森の中で道に迷ってばったり我が家に出くわしてしまったのだ……。

私たちの裁縫店

あの頃、私たちは持っているすべてのお金をはたいても、なんとか辺鄙な場所に家を借りて商売を始めるしかできなかった。（街なかの家は高くて借りることができなかった。）ただし問題が一つあった。そんな辺鄙なところに行くには、大きな車を雇って長距離の引っ越しをしなくてはならない。あのとき、家にあるすべてのお金は車を雇うことができるだけしかなかったから、車を雇ってそこに着いてから、どうやって家を借りればいいか？　まったく頭の痛い問題だった。

だから私たちはあれこれ考えて、最後に賢い結論を導き出した。まず、私たちが落ち着こうとしている場所で、安い部屋を借りる。それから大家さんは運転手で、自分で車を運転して私たちを迎えに来てくれること。

こうやって、私たちはカウトゥへやって来たのだ。

カウトゥは本当に遠く、初めて行ったとき、広々としたゴビ砂漠を越え、そのあと山々を延々走り続けなければならなかった。私はトラックの荷台で、右に左に揺れながら居眠りをし、いつになったら目的地に着けるのかもわからなかった。その運転手さんさえ私を起こしてもくれずに、目的地に着くや自分はこっそりとどこかへ行ってしまい、戻って来たときには、お酒臭かった。

カウトゥの町は小さい町で、交差点がたった一つあるだけで、そこから四方へ伸びている道でさえ、五十メートルも行けば途絶えてしまった。この五十メートル半径内がつまりカウトゥの最も賑かな「商業地区」というわけだ。何軒かの小さい商店に小さな食堂、きれいなお姉さんのやっている理髪店、それからお米や油を売っている店があった。でもこの十字路に立って四方を見渡せば、路上には人っ子一人おらず全部の店の戸は開けっ放しだったけれど、しばらく見ていても誰も出入りしなかった。

私たちはここで裁縫店を開いたのだ。でもここにはすでに裁縫店があった。しかも古くからある店で、見たところその店は繁盛しているようだった。布もたくさん揃っていて、色とりどりの布が壁一面にかかっていた。その店のおかみさんには何人かのお弟子さんもいて、ドアを押して入って行くと、部屋中ミシンのカタカタいう音が響いていた。

新居の整理を終えて二日目、おかあさんは私を連れてその店を見に行った。しらじらしくご挨拶にと。戻って来ると、自信満々だった。なんですって、あれで服を作っているって？　麻袋を縫っているだけだわ！

私はこの目で、あの店の人たちがこんなふうにズボンを縫っているのを見た。

——まず、布を二つの長方形に裁断し、そのあと長方形の片側をおおよそ二つの湾曲に裁断して

——それでおしまい！

それからお針子たちにこう言いつけていた。「腰のところは、二尺六寸に。お尻のまわりは大きければ大きいほどいいよ。膝のところはちょっと狭く、裾幅は、適当に……。」

うちのおかあさんの嬉しそうなことと言ったら。顔は謙虚でにこやかにしていたが、満足げにお別れを告げて店を出た。

町では、とくに大きな町では、服を仕立てるということも、裁縫店もどんどん少なくなっている。最もよく目にする裁縫店はショッピングセンターの階段のところか、廊下を曲がった辺りに小さなコーナーで、「裾上げ、補修、ファスナーの取り換え」と書いた小さい看板がかかっている。今や裁縫店に行き、布を選んで服を作るって人がいるのかな。店で買えば安くていいデザインのものがあるのだから。

町と田舎の境辺りでは、洋服卸売りの小さな加工場があちらに一つこちらに一つとたくさんあり、工業ミシンのモーターの音が夜中響いて、三～四人で一晩百セット以上の同じデザインの流行の服を縫いあげることができる。大きな工場や大会社は言うまでもない。でも、あんな大きな町で忙しく歩き回る人たちに、本当にあんなにたくさんの洋服が必要なのだろうか。洋服はまるで大波のように人の群れになだれ込み、一シーズンごとに流行しては、最後に生まれるものはおそらくごみの山だろう。

私たちは辺鄙なカウトゥにいて生活の様子はまったく違うし、流行は少しも必要とされてない。たとえば、ズボンだと今のズボンは股上が浅く、お尻の部分は狭くローウエストで、あんなものを穿いてどうやって仕事ができるのかしら！　洋服もまったく話にならない。男物は女物のようだし、女物はまるで子ども服……。

ここは遊牧地域で、ほとんどの人の体格は背が高く、胸も厚く、しかも長年重ねてきた重労働と、伝統的な単一の飲食の習慣から、多くの人の体はそれぞれある程度変形していて、特殊な体型の人が多かった。胸が厚くて肩幅が狭いとか、腰が太くてお尻が小さい人、ビール腹に、背中が曲がった人、肩ちがいの人……オーダーの服でなくてはぴったり着られないのだ。

裁縫というこの取り残されたような商売が今に至るまで伝わってきたのは、もしかしたら、いつもああした地方のあのような人たちがまったく変わらぬ暮らしをしているからではないだろうか。

初めの頃、私たちは特に布を持っていなかったので、お客さんに自分で用意してもらい、加工費だけもらっていた。

この辺りの人たちは礼儀に厚く、互いの普段の行き来にしても、手ぶらで訪問することは殆どなかった。正式な訪問や何かの宴会ならもっと心を込めたプレゼントを用意しなくてはならない。普通は布を送り、その中にちょっとした食品が包んであったりした。だから家々の大トランクの中にはつねに数十枚の一メートル位だの、二メートル五十センチ位だの、布がぎゅうぎゅうに詰められていた。どれもおよばれ用に取ってあるのだ。当然、これらの布はほとんど他の人がおよばれのお土産に持ってきたものだ。だから同じ布がぐるぐると贈り贈られして、この辺鄙で狭いカウトゥの町の中で静かに回り続ける。何度も贈られ戻ってきて、また何度も贈り出される、ある日とうとう裁縫店に運ばれ、ある家の奥さんの一着のスカートになり、ある老人のチョッキになるまで。

これらの布の往来の中で、結婚したての小さい家庭では結婚のお祝いで布が大箱いっぱいになることがあった。それはつまり若夫婦の生活の基礎ともいえる。これらの布はその後さらに長い日々を彼らの成長に従い、家庭が次第に安定し、日々成熟していくのを見届ける。

私たちが預かる布は、多くの場合とても古い布で、年代物の模様や質のよい布もあり、布を持ってきた奥さんと同じ匂いを放っていた。その上、そんなおばさんのものの言い方や、振る舞いも年月を感じさせるもので、色褪せてはいるが艶があって、静かで、軽やかで、なおかつ深い深いものがあった……私たちはメジャーを使ってその人の体を測るが、おばさんの肩や胸周り、股上の周りを回って、その肉体の暖かさに触れ、呼吸の起伏を感じて、ふと、ある永遠に変わらないもののその深さに触れたような気がした。

私たちの店は開店して三か月で、売り上げは明らかにもう一軒の店を追い越し、何軒かの家から自分の子どもを弟子にして欲しいと連れて来る人も出てきた。しようがないよ、私たちは腕がよかったんだから。小さい町全体で、「新しく来た熟練の裁縫店」のことを知らない人はいなかった。値段はやや高かったが、うちで作ったズボンは三回水洗いしても腰回りが変形したりしなかった。その上、「名仕立て屋」の作ったズボンには六つのベルト通しがあり、「小上海」では五つしかなかった。「名仕立て屋」はボタンを四針で縫ってあったが、「小上海」では一針で結わえてあるだけだった。「小上海」とは、つまりもう一軒の裁縫店のことだ。店長は上海人ではなかったし、こう呼ばれるのは別にその店が繁盛していたからというわけではなかった。単におかみさんの旦那の姓が「趙《チャオ》」で、名前は「長海《チャンハイ》」だから、地元のカザフ族の人たちの中国語なまりで呼んでいるうちに「小上海《シャオシャンハイ》」になり、それでおかみさん自身も自分の店を「小上海」と呼ぶようになったのだ。

彼女は四人の弟子を抱えていた。全部女の子でみんな漢民族だった。師匠は彼女たちに技を伝え、しかも弟子たちの三度の食事と住まいも提供していた。ただし、それぞれに毎日少なくとも三本のズボン、または一着の裏地のある上着を作らせていた。これは遊牧民が移動する時期に合わせた準備だった。羊の群れがドカドカとカウトゥを通り過ぎるその数日間、それだけたくさんの服でも、売りものとして足りないくらいだった。

もちろんうちに弟子入りさせてくれと言ってくる人は多かったが、あまりに小さい子は引き受ける気にはなれず、三か月後一人の経験のある見習いさんを雇った。すでに結婚している人で、名前はハディナと言った。この人はお給料つきのお針子で、一方で洋裁を習いながら、一方で師匠のために働くということで雇い、ズボンを一本縫う毎に彼女に半分の手間賃を支払うが、裁断とアイロンがけやボタンつけや裾上げは私たちがやらなければならなかった。

ハディナはとても太っていて、自分のミシンを持って来たため、うちの小さい店には二人が横向きでやっと立てるくらいの隙間しか残らなかった。もし彼女が立って物を取ろうとでもするなら、全員が外に出なくてはならなかった。

ハディナのいちばん小さい息子はよく店へやって来てしばらく彼女に張り付いて、二角※をもらって飴を買いに行った。この子はすでにわんぱくな年齢に達していたが、まだ学校へも上がっていなかったから、いたずらはみんな我慢するしかなかった。

いつもこの子が靴の外側部分だけを履いて、手に靴底を下げているのを見た。鼻ちょうちんを膨らませ、この小さい町中でいたずらをして駆け回っていた。

ハディナはこんな子どもを何人も抱えていて大変だった。いちばん大きい子でもまだ小学校を卒業しておらず、あと一～二年はしないと家事を分担してくれるようにはならなかった。

私たちがハディナに店に働きに来てもらった理由の一つは、確かに人手が足りなかったし、しかも彼女が一言も中国語ができなかったので、彼女との極めて困難な交流を通して、実地でいくつかのカザフ語が学べると思ったからだ。

思ったとおり、ハディナが来てから一か月もたたないうちに、私たちは基本的な、「針」とか「糸」に始まり様々な色の言い方、それから、「背が高い、低い、太った、痩せた」から「薄い、厚い、長い、短い」、「元、角、分」から「良い、悪い、安い、高い」、そして、「腰、肩、胸、お尻」などの商売と密接なカザフ語をほとんど覚えたのだ。その他、一から百まで全部数えられるようにもなったし、「スカート」、「ズボン」、「上着」、「シャツ」なども聞いてすぐわかるようになった。まけろ、まけないの駆け引きも猛然とこなせるようになり、それからというもの、誰もうちの店からは二十元でズボン一本買って行くことはできなくなった。

当然ハディナの学んだことも少なくなかった。初めは中国語ではたった「おかみさん、こんにちは」しか言えなかったが、その後、気軽に楽しそうに中国語とカザフ語を混ぜてうちのおかあさんと子育てのことや、自分の弟の嫁がどんなに悪いかまで、私たちにはっきりと、しかも例を一、二、三、四と挙げて話せるようになった。

※日本円で三十円位。

残念なことは、それ以外、彼女のズボン作りの技術はなんら進歩しなかった。毎日平均してなんとか一本作り、やや調子のいい日に一本半作れるだけだった。スピードが遅いのはいいとしよう、できたズボンのチャックの辺りはいつもねじれていて、彼女に何を言っても無駄だった。おかあさんはそのズボンを自分で穿いてみて、どこが問題なのか辛抱づよく彼女に指摘してみせた。彼女はなんとか理解したようだったが、「チェッ、チェッ」と舌打ちしながらしばらく考え込み、最後には、うちのおかあさんが着ているセーターをまっすぐ引き下げ、チャックの辺りのねじれた部分をすっかり隠してしまった。それからというもの、彼女の作るズボンのチャックは堂々とねじれたままになった。いつか彼女が私たち母子の商売を台無しにしてしまうのではないかと思った。

初めの頃は、地元の人と商売の話をするときに、彼女に通訳になってもらおうと考えていた。ところが、どんな話でも、彼女を介すると却ってややこしくなった。たとえば、私たちが人に、「ゆったりしたのがいいですか、それとも体にぴったりなのがいいですか」と聞こうとして、彼女を介して伝えると、とたんに異常なほど複雑になり、相手をしばらく困らせることになった。その人はそこに立ったまま何度も考え、反芻して無理やり、ひどい場合はおどおどしながら、他のまったく関係のない話をし出す始末だった……天のみが、話の途中で彼女がどんな恐ろしい加工を施したかを知っているようだった。このハディナをどかして、私たちが直接お客と身振り手ぶり、紙と鉛筆で絵を描いたりして説明するほうがましだった。

私たちは彼女を辞めさせたいとも考えたが、口に出して言えなかった。この人はちょっとおバカさんと言えばおバカさんなのだが、わざとやっているわけではなかったから。

しばらくして幸いにも、彼女自身から辞めると言ってきた。彼女の家は実際家事が忙しく手が回らなかった。

私たちが知っているカザフの女性は、どの人もほとんどみんな家事労働の大海の中で一生を過ごし、あんなに多くの家事をどこから探し出してくるのかと思うほどだった。それなのに、男たちは外から帰って来ると、靴を一蹴りして、揃ってオンドルに上って横になり、お茶やご飯が運ばれて来るまでそのまま動かない。まったくひどいと思う。

とにかく、ハディナは行ってしまい、しばらくしてからもう一人の弟子チャイリックがやって来た。チャイリックは物静かで恥ずかしがり屋の女の子だった。とても頭がよく、大きな町でも働いたことがあるから、中国語もちょっとできた。私たちは彼女がとても好きだった。彼女は長女で、まるで花のようにきれいな妹たちがいた。（その中に二組の双子もいた。）妹たちはいつもお姉さんの様子を見に来ては、きゃっきゃっと物珍しそうに部屋の中に入って来て、戸口にズラリと並び、立つ場所がない子は外の窓のところによじ登ってガラスに顔を押し当てて中をのぞいた。

地元の子どもたちは小さいとき、みんな色白で、きめ細かく、目も声も瑞々しく、髪の毛は細くしなやかで輝いていた。でも少し大きくなると、すぐにきめが粗く、輪郭もぼやけて、目眉も薄暗くなってしまう。ここの劣悪な気候と生活は、柔らかいものを濾過し、固く強いものだけを残すのだ。

チャイリックはきれいな子の部類で、髪は男の子のように短く、痩せ細った体は人ごみの中では目立たなかったが、正面から彼女の顔をじっくり見れば、カールした長いまつげ、美しく澄んだ大きな瞳にドキッとしない人はおそらくいないだろう。彼女の額はつるつるで、笑うと真っ白な歯がきれいに並んでいた。まったくわからないのだけど、これだけ美しい顔をした人が、どうして平凡な印象を与えるのか。もしかすると彼女の魂が謙虚なためかもしれないし……もしかしたら彼女の美しさは、その平凡に甘んじる心に由来していたのかもしれない。

　チャイリックは十九歳で、学校を卒業したばかりだった。毎月私たちは彼女に百五十元※払い、出来高制にはしなかった。

　彼女は私たちのところでズボンの作り方を覚え、ワンピースとコートの作り方を覚え、早々とうちを辞めていった。そのとき、村が彼女に会計の仕事を与え、毎月百二十元くれるということになったのだ。それを他の女の子たちはとても羨ましがった。

　チャイリックは私がカウトゥでつきあいがいちばん長く、いちばん親しみを感じた若い子だった。私が言いたいのは、彼女と私はまったく違うタイプの女性であるということ。私が、カウトゥで過ごした青春の歳月はいつも暗く、臆病で、人知れず驚いたり、喜んだりするだけだった。他にも、目鼻立ちがはっきりとして、おしゃべりなカウトゥの女の子たちを何人か見てきたが、彼女たちは雑な厚化粧をするようになっても、生活に安心している表情で、気ままな話し方の端々にシンプルな楽しさが漂っていた。

　それなのに、私ときたら、いやいやながらで、いつも失望し、ためらってばかりいた……。

　彼女たちのような青春、溢れる愛情とはどんなものなのかが解らなかった。

　うちが借りた店の面積は本当に小さく、十平方メートル程度で、中間を布のカーテンで仕切って、前半分を店として、後ろ半分の空間で寝たり、ご飯を作ったりに使っていた。食事のときは、みんなが前半分の部屋へ行き、詰め合って、ミシンの上に置いた一つのおかずを囲んで食べた。

家には二台のミシンがあった。一台は裾かがり用だった。それから「仕事部屋」のまるまる四分の一の面積を占めている裁断用の作業台があり、その下には服を作るのに必要なこまごまとした道具やスペアの材料などが積み上げられていた。数か月して二種類の布を買い入れ、作業台の傍らにかけておいた。部屋のその他の壁には、私たちが作った各種の服が隙間なくかかっていた。作り売りのものもあったが、ほとんどはお客さんが注文してまだ取りに来ていない服だった。

部屋は狭かったが、だからこそ、ストーブを焚くととても暖かった。

多くの日々がそんなふうに過ぎ、ある晩春の頃のことだったか、外は風が狂ったように吹き荒れ、木々の影が、見え隠れしながら霧に曇った窓の外で激しく揺れた。風が巻き上げた砂利や霰は窓ガラスを叩き、パラパラと鳴りやまなかった……でも部屋の中はかえって暖かく平和で、しみじみと幸福を感じずにはいられなかった。鍋の中で煮込まれている羊の干し肉からは、いい香りがプーンと漂ってきたし、壁の表面はほとんどその香りで剝がれ落ちてしまいそうなくらいで、いつその湯気で突然、ボロッと剝がれ落ちるかわからなかった。ストーブの上で焼かれているパンの香りは羊の匂いでかき消され、匂ってこないが、目で見ておいしそうなことがわかった。きつね色で、うっとりするようなほんのり赤味もあった。小型テープレコーダの中ではゆっくりとテープが回り、同

※日本円で二千三百円位。

じ歌を何度も繰り返すので、歌詞のもとの意味も意識になくなり、ただ心地よさだけしか感じなくなっていた。

私たちは植木鉢にたくさんの花を植えた。おかあさんは育てやすい花だけが好きで、一年中、四季の花が次から次へと咲き続けた。しかも花は多ければ多いほどいいという考えだったから、たとえばカタバミ。あれは明らかに一種の草だから、どう育てようが育たないわけがなくて、植木鉢の中に咲きこぼれ、小さい花たちがかたまって賑やかに窓辺を飾っていた。

うちでは金魚も飼っていた。私たちはお客と値段の交渉でもめると、彼らに金魚を見てもらうことにしていた。そうすると決まって彼らを驚かせることに成功し、彼らの注意力をそらすことができた。

あの頃はまだあの辺の人たちは本物の金魚というものを見たことがなくて、絵に描いたのやテレビでしか見たことがなかった。こんな妖精たちはあの辺鄙で寒々とした場所では最も不思議な夢の生き物だった——清潔な水と清潔な美しいものが清潔なガラスの水槽の中でひらひらと動き、きらめき、ヒレと二枚のムナビレは、刷毛でさっと一塗りしたように透明で、ゆっくりと水の中で開いたり閉じたり、音楽を伴っているようだった……一方、窓の外の砂嵐は激しく、黄色く渦巻き、天地の間で強く苛立たしげに巻き起こっていた……。

こうすれば、お客も正気に返って値段の問題に戻っても、その口調は微妙に柔らかくなっているものだった。

ほんの何十年か前、ここの人たちはまだ手縫いの革のズボンを穿いていたんだよ、とこれは以前カウトゥに十年ほど住んでいた仕立て屋が言ったことだが、彼は、今では町で、自動車の修理をしている。

またもう一人昔、裁縫店をやっていたおばあさんがいたが、今では何畝《ムー》※かの畑を耕している。つまり、以前仕立て屋だった人たちはみんな商売替えをしている。どんなわけがあったのかは知らないけれど。

彼らが言うには、当時ここに来たばかりの頃は、遊牧民たちが冬に穿くズボンは、みんな羊の生革を二つの筒状に巻いて縫ったズボンだった。あまりにごわごわしていたから、夜寝る前には、それを一晩中水につけ、柔らかくしてからでないと次の朝穿くことはできなかったそうだ。嘘か本当かは知らないけれど。今は作物を作っているおばあさんは他にも、おばあさんがここに来てからナイフを使って革の裏側を切り取ることを教え、できるようになったと言った。そうすれば表の毛を傷つけることなく裁断できるわけだ。うーむ、これもちょっと大袈裟じゃないかしら……。

私たちはここに来てから、ここの人たちはとってもまっとうな人たちじゃないかと気がついた。飲食から着るものまで、重厚な風俗習慣と経験がそこにはあった。それは一日や二日でき上がるものではなく、十年、数十年という時間があってこそでき上がるものだ。

地元の人たちは着るものに対してそれぞれの基準や考えが違っていた。なんというのか、つまり衣服というものは、なければ買う、買ったらすぐ着て、着古せばまた買う……ということ。

※中国で使われる面積の単位。1畝は、約6・667アール。

他の地方の人たちとそんなに違いはないようなのだ。ただ、比べてみるなら、ここの人たちはもっとあっさりとして、そっけなくさえあった。まず、洋服を買って帰れば着る、つまり着るのであって、他の服を着るのとなんら違いがなかった。少なくとも多くの人がそうで、彼らは少しも新しい服を特別視したり大事にしたりしなかった。新しい服をまるで古い服とほとんど同じように見なして着るのだ。一本のピーンとアイロンをかけたズボンでも、お金を払うと、ぐちゃぐちゃに丸めて上着のポケットに押し込み、急いで行ってしまう。仕立て屋の胸は痛むのだった。

それでもいいのだ。こんな調子では服が傷むのは早いから、毎年新調しなくてはならないから。そうでないと、うちの商売はあがったりだもの。

男たちはめったに店でサイズを測ることなく洋服を買った。だいたい女たちが自分の夫の（あるいは娘たちが自分の父親の、あるいは母親が息子の）最も体にあった（いちばんぼろぼろのでもある）服を店に持って来て、私たちにその通り作らせた。ただ独り者や、ちょっとおしゃれな若者だけが自分で店にやって来た。

最も頑固だったのは、おじいさんたちだ。たまにオーダーした服を取りに来ながらも、決して試着はしたがらず、それはまるで沽券《こけん》にかかわるとでも言うかのようだった。たとえ着てみたとしても、死んだって鏡は見ようともせず、だましだまし鏡の前に引っ張って行って、その目でその服が如何にぴったりで、いかに「パイヅ（きれい）」なのかを見せようとしても、すればするほど照れるやら、慌てるやらで、鏡からまだ相当距離があっても手で顔を覆って、泣き出さんばかりだった。

農民と遊牧民は洋服に対しての要求がまったく違っていた。遊牧民は毎日馬に乗るためズボンは必ず長めで、裾が地面にまでついて、股上が深くて余裕がなくてはならなかった。そうすれば馬に乗るときに股を大きく開いて、少々引き上がっても、長さがちょうどよくなり、風が裾から入って来ることはない。同様に毎日肘を伸ばして手綱を持つから、袖も手のひらよりちょっと長めにする必要があった。

農民はまったく逆で、すべて短めがよく、そのほうが、野良仕事がやりやすいということだった。子どもたちに服を作るのはもっと不思議だった。私たち漢民族の考えからすれば、子どもなんだもの、毎日大きくなるもので、少し大きめに作っておけば、二年は着られる。でも彼らはどうあっても、今ぴったりでなくてはダメで、まだじっと立っていられないような子どもでも、体周りがぴったりの小さい洋服を作ってやらなくてはならず、まるでただ珍しい様子を楽しむかのようだった。

女たちはなんとも賑やかだった。三、四人でやって来ては、服を作らなくても、しょっちゅううちの店に新しい布が入ったかどうか冷やかしに来た。（私たちが新しい布を仕入れるたびに、一時の「流行」が起きた。）もし彼女らは気に入った布があるとこの先三か月努力した。つまり一方で、一生懸命お金を稼ぎ、一方でうちに一日三回もやって来て、何度も売ってしまわないで、きっと自分にスカートが一つ作れるように残しておいてと頼んで行った。

他にも自分で布を持ってきて作らせ、作ったはいいが、一向にお金が工面できず取りに来ない人もいた。うちの店先にかけておくしかなく、暇があれば見に来て、試着し、またため息をついて脱いでもとのところに戻しておいた。

ある十二～十三歳位の女の子の小花模様のブラウスも家の壁にかかったままだった。手間賃はたったの八元※だったが、この女の子のおかあさんはついぞ工面することができなかった。あるいは、手元にお金があったとしても、どの道自分のもの、一日遅かろうが早かろうがおんなじで、他の人が持って行くわけではないから、慌てる必要がないと思っていたのかもしれない。でも娘のほうはじれて、毎日学校が終ると店の前を通り、中に入って来てそのブラウスの袖をそっとねじって、触ってはまた触り、飽きもせず友だちに、「これ、私のなの……。」と説明した。そうこうするうちに、ブラウスを着る季節は過ぎてしまい、それでもそれはうちの店の壁にかかったままだった。最後に、やっぱり私たちが先に耐えきれなくなり……ついにある日、その子がまたそのブラウスを見に来たときに、おろして彼女に持たせてやった。あの子の嬉しそうな様子ったら！　ギュッと服を抱きしめ満面の笑みをたたえ、嬉しくて信じられない様子で、すぐには出ていこうとしなかった。女の子はどこに立っていたらいいかもわからず、最後に私たちが彼女を相手にしないのを見てやっと、そろそろと部屋を出ていったかと思うと、踵を返して飛ぶように帰って行った。

洋服をオーダーしに来るお客さんの中で、私が見た中でいちばんいちばん……な、体型の人は、オンズラのおかあさんだった。彼女もなぜか、私をいちばん信用してくれ、店に来るなり、いつも私を指名して服を頼んでくれた。

オンズラのおかあさんは本当によく太っていた。もし正面からだけ見れば、太っているといっても特別には見えず、単に太っているだけだった。でも腕は私のウエストより太く、胸は小さい生き物が隠れているかと思うほど大きかった。当然、横幅のある人はたくさんいて、彼女より幅が広い人がいないわけではなかったが、彼女を横から見て欲しい。彼女の厚みは彼女の横幅よりはるかに大きかった。おばさんのお尻は実際、あまりにも大き過ぎたからお尻を持ち上げて歩き、お尻を持ち上げて立ち、お尻を持ち上げて座る必要があった。（寝るとなったらどんな格好で寝るのかもよくわからない。）だからお尻はまるで小さいテーブルのようで、上に何か並べても、物が落っこちないだろうと思えるほどだった。太ると言ってもここまでになると、いろいろと簡単じゃないでしょう。

彼女に服を作るとなると大変だった。ウエストがない体にスカートを作るなら、ワンピースならまだいい。スカートとなると、裁断のとき布を実際測ったのよりちょっと長めにとり、ウエストの線を、下腹を越えて乳房の下辺りで止まるようにした。このおばさんは乳房の下さえ隙間がなく、肉でぎっしり詰まっていた。彼女にスカートを作るというのはまったく頭が痛くて、布も規定通りにはいかないから、作業台の上にも布がのりきらず、なんとか布を置いても、左から測ってはため息をつき、右から測ってはまたため息をつき……こちらが足りると、あちら側は決まって生地が足りず、まったくどこから手をつけたらいいのかわからなかった。側に立って見ているおばさん自身、申し訳なさそうに、私たちにずっと謝っていた。

考えてみればおばさんだって気の毒なもので、今着ているスカートは自分で縫ったものでしょう。無理やり体を押し込んでいて、どこもぴったりしていないから見たところ、だらしなさの極み

※日本円で百二十円位。

だった。実はおばさんはおしゃれにこだわりがあるほうだった。

幸運なことに私とうちのおかあさんは機転がきくから、二人でしばらく相談し、壁の上で、ここからこれ、こちらとあちらからこれと書き換え、計算をし直し、問題を解決した！

数日後、このおばさんはついに人生でいちばん体にぴったり合った服を着て、この小さい町を一回りして大威張りで家に戻って行った。

それからというもの、うちの店の評判は遠くまで伝わり、ありとあらゆるかわった体型の人たちが次々と現れた。腰が太くお尻が小さい人もあれば、肩が狭く胸幅が広い人、片方の肩が上がった背中の曲がった人だの……もし一日中こういうことばかりやるんだったら、やる気も失せてしまったかもしれない。


クアルマハンの息子のお嫁さんもスカートを作りに来た。彼女のお姑さんは恥ずかしそうに後ろにくっついて、編んだ袋を持って、にこやかに笑っていた。私たちは彼女のサイズを測り終わってからまず手付金をくださいと言った。このきれいな二人の女性は何も言わず、姑が手に提げた編み袋から素早く三羽のニワトリを取り出した——。

「ニワトリ三羽、スカート一着に、足りませんか？」

彼女がオーダーしたいのはうちの店に入ったばかりの布だった。この金色のキラキラが散らばった布は、店に出したとたん、村のほとんどの若奥さんがやって来てスカートを作った。これはこの小さな場所で追っかけることのできる数少ない流行の一つだった。クアルマハンの息子のお嫁さんはいちばんの乗り遅れだと言える。

彼女は「義父さんには言わないでね。義父さんは、ケチだからもし知ったらタンタンだから！（文句を言うから。）」と言った。

「義母さんが知っているんだから大丈夫じゃないの？」

「義母さんは、いい人なの。」と彼女は言いながら傍の背が低くて小さい婦人をチラリと見たかと思うと、ギュッと抱きしめ「パッ」とキスして、また「スカートができ上がったら、私たち二人でね、義母さんが一日、私が一日と順番に穿くの！」と言った。

お姑さんは軽く何か一言つぶやいたかと思うと、年上だけができる笑みをたたえて、少しばかり自慢げに目の前の背の高いすらりとした若奥さんを見つめた。

クアルマハンの息子の嫁は、この辺りでも最も美人と言われる二～三人のうちの一人だった。彼女はまるで猫のようなあでやかな顔をし、目もまた猫のように人を魅惑した。立ち居振る舞いも猫のようにすばしっこく、そしてしなやかで、音を立てていないみたいだった。長年の重労働とみすぼらしい洋服も少しも彼女の青春のみずみずしさを損なわせず、却って得も言われぬ新鮮な野原の雰囲気がした。彼女のすらりと伸びた指先はいつもざらざらで傷跡もたくさんあり、まだ履き換えていない野良仕事用の靴からは指さえ二つ飛び出しているし、靴のかかともほとんど摩耗してしまっているというのにだ。

クアルマハンの息子もまた男前だった。しかし奥さんと一緒に立つと、おかしなことにかなり見劣りがした。

私たちはまったく三羽のニワトリとこの若さによるわがままなお願いを拒否することができなかった。三羽のニワトリをもらってどうするって言うの？　でもやっぱりもらっておくしかなかった。

「家のニワトリが減ると、お義父さん、気がつくんじゃないの？」

「気がつかない。」

「家にはニワトリがたくさんいるの？」

「たくさんよ。」

「五十羽位？　百羽位？」

「七羽。」

「えー。」

なんとも不思議だ。

「七羽しかいなくて三羽も減って、お義父さん、気がつかないって言うの？」

「気がつかないわ。」

「……。」

ここの男性たちが家事に関わらない程度もここまでひどいとは。

カウトゥで洋服やスカートを作りに来る女性たちは、どの人も可愛くてまったく彼女たちからお金をもらうのが忍びないほどだった。五十～六十歳の老婦人でさえ、甘えられるとまるで小娘のように人の心を動かした。彼女たちはまるで詩を読むように自分の青春を嘆き、顔中つらそうにするが、目にはしたたかな笑みが浮かんでいた。

若い子はもっと相手にしづらかった。あっけらかんとうちのおかあさんの首筋をつかんで、息ができないぐらい一生懸命にキスをし、口々に、「おかあさん」、「親愛なるおかあさん！」と言うのだから。

しばらくして私たちも値段を「小上海」と同じくらいに下げなくてはならなくなってしまった。本当に仕方なしに……。

値段を下げると、うちの商売はもっと繁盛し、もっと忙しくなった。冬の間中、しばしば深夜を過ごして空が明るんでくる頃になってやっと休めるほどだった。カウトゥの小さい町の中で、うちの家の窓の灯だけがいつも最後まで明るく灯っていた。

深夜にカウトゥの町を通る人たちは、この小さな町に入って来るなり、灯りに誘われてうちのドアを叩き、一箱のタバコやちょっとした食べ物が欲しいと言った。冬の町の中では、宵越しの集まりがあり、みんなでドンブラ※を弾いたり、歌ったり、踊ったり、一瓶飲んでは一瓶と、お酒を飲み、互いに抱き合い、よろよろしては町中を、お酒を探して回る。うちの店を見つけて、私たちのどんな説明も聞き入れずに、お酒を出させないと気がすまなかった。

でも、うちは商店じゃないもの。一度おかあさんが大きな町へ出かけて行ったとき、少しばかり

※カザフ族の民族楽器。

タバコやお酒、缶詰などを買って帰り、縄で結び付け、まるで看板みたいに目立つように窓辺にかけておいた。それからというものは、長く続く夜、家の戸口にやって来て戸を叩く人が益々増えてきた。これがのちにうちが雑貨店になる前の姿で、私たちが裁縫店を捨てるきっかけになった。

仕立ての仕事は特に疲れはしないが、とにかく面倒だ。一着の服を作るのに、まずは身体の寸法測り、布選び、裁断、裾かがり、こまごました部分の取り付け、アイロンがけ、縫い合わせ（その中でも衿付け、ポケット付け、タック取り、チャック付けなどの細かい工程に至っては延々と続く感じ）、もちろん複雑でお手上げとまでは言わないけれど、やはりじゅうぶん苦労なものだ。

服はでき上がってからも、何かと面倒な手作業があった。上着にはボタン穴を作らなくてはならないし、ボタンをつけ、肩パットを縫い、ズボンは裾かがりをしなくてはいけなかった。手作業が終わると、アイロンがけをし、形を整え、縫い合わせる。（中でも火熨斗《ひのし》を焼くのは最もつらい作業だった。）これらが終わってもまだ終わりとは言えなかった。洋服は一般的にでき上がってからおかしなところが見つかるもので、服をプラスチックのマネキンに着せて、胸や袖の具合が平行かどうか、胸のところに変なシワがないかどうか、前後は揃っているか、裾は反り返っていないか、ねじれはないか、また特に、襟が自然と服についているかどうかを注意しなくてはならなかった。まったくおかしなところはないとわかってやっと細心にしつけ糸をとっていくのだった。他にも淡い色の服は、ミシンの油がよく付いて汚れることも多かったから、でき上がった後に一度洗わなくてはならなかった。その上、火熨斗も電気のアイロンのようにきれいではないから、ちょっと注意を怠ると、真っ黒な煤が空気孔から飛び出してきてあちこちにくっつくことがあった。それから、裁断する前に、特別薄くて柔らかい布だと、先にノリづけをして、乾かしてピーンとさせてからでないと型紙を作って裁断することはできなかった。

つまりこのように、一枚の布から服ができ上がるまで、消耗するのは人の気力ではなくて、精力——つまり、一針一針の、一分一秒の消耗だ。朝から深夜まで、月初めから月末まで、今年から来年まで……ちょっと見ただけではこのような仕事は訳なくできてしまいそうだが、実は大変な仕事なのだ。忙しいとき、たとえば遊牧民が移動して行くときとか、イスラムの犠牲祭のあの数日間とか、夜通し仕事をするのが日常茶飯事だった。深夜の町は静かで、寒く、時には風が吹き、時には風もなかった。ストーブの中の石炭の火はほの暗く、ほとんど厚く冷たい灰に覆われ、ストーブ板の上のお焼きは、長時間焼かれて黄色く焦げていた。そしてだんだんと冷めて固くなった。静かにミシンの前に座り、少しずつ布をならし、一針一針縫い、また一針一針ばらしていく。時間はひっそりとついてきて、心身ともに静寂の中へ沈んで行く……歯で最後の糸を噛みちぎると、空はもう明るんでいる。

仕事をしながら静かに話をした。多くの場合、お互いすでに昔のことはすべて話し尽くし、もう何も話すことがなくなっている。疲労もとっくに我慢できる限度を超えている。でも、その頃には一着一着、公式通りの寸法と、きちんと縫われた縫い目だけが残っている……。

うちのおかあさんはその後、二人の漢民族の弟子をとった。どちらも十五～十六歳の女の子だった。店の中は住む場所がないので、私たち三人はカウトゥの軍用倉庫だった古い家を借りて住んだ。そこには部屋半分積まれた石炭と、麦の入ったいくつかの麻袋があった。部屋の真ん中の柱と垂木にはあちこちに鳥が棲んでいて、いったん何かあるとパタパタと飛び回り大騒ぎになった。

　冬になると、イスラムの犠牲祭の前後の数日、私たちは毎晩、遅くまで働きづめで、家に帰るとき、凍てつく寒風に耐えながら坂を上らなくてはならなかった。家から三百〜四百メートルしか離れていないとは言え、言わく言い難い苦痛だった。私たち三人は手に手をとって後ろ向きになって風を背にして歩いた。気温マイナス三十度、三十五度、三十八度。耳たぶはちぎれそうで、鼻も痛くなり、頭の後ろも、目玉も痛んだ……全身の中で、ただ口の中とみぞおちの辺りだけがぬくもりがある感じで、なんとか家の玄関にたどり着くと、三人で手を重ね合わせて注意深くマッチに火をつけ、ドアのガチガチに凍った南京錠の鍵穴を温めた。（どうして寒くなると鍵が効かなくなるのか理解できない。）しばらくしてやっと鍵を差し込んで、回し開けることができた。中に入ってまずやることがストーブをつけること。少しお湯を沸かして顔を洗い、飛ぶようにベッドに入る……。あんな夜には窓辺に重ねておいたお碗も硬くカチカチに凍りつき、剝がしたくてもできないし、流し台の食器洗い洗剤も凍りつき、お酢も凍りつき、濡れ布巾は鍋の蓋に凍って張りつき、剝がそうとしても剝がれなかった。隙間がないのに、壁の隅からはヒューヒューと冷気が流れ込み、室内の壁の下のほうが厚く白い霜に覆われていた……私たちはこんな大型冷蔵庫の中に寝ていたのだ。それぞれの口の周りは真っ白で、布団の上に何キロもの重い布をのっけると（あんなものはすでに「布団」なんて言えなくなっているけど）、やっと寒くはなくなった。

　そう、私たちが裁縫店を始めた第一日目から、もし他に生活の方法があるなら、死んでもこの仕事はしないと誓った。でも今日に至るまで、まだその最後の一日は来ていない。私たちは裁縫をしているが、もしもある日それをやめたなら、結局他の方法でなんとかお金を稼いで暮らさなくてはならない。同じように大変な生活をするしかなく――きっとどんな仕事をしても同じだろう。

こういうことだった。パズイラがうちの店にブラウスを作りに来たので、私たちはきれいにきれいに仕上げた。彼女も着てみて嬉しくてたまらなそうに、鏡の前で何度も前を向いたり後ろを向いたりしていた。でも私はすぐに袖のところが平行でないことに気がついた。ほんのちょっとだけだったが、私は彼女をもっと喜ばせるため完璧にしたいと思い、丁寧に彼女に服を脱いでもらって、火熨斗を暖め、「ツー」っとアイロンをかけ……なんと焦がしてしまった！

パズイラの顔はわっと曇った。おかあさんは定規で私の後頭部をたたいた。パズイラは悲痛な様子で店を出て行き、その後ろ姿はほとんど、私の新しい服が、私の新しい洋服が！　と嘆き悲しんでいるみたいだった。

どうしたらいいんだろう。私とおかあさんはしばらく考え込んで、最後にあの焼け焦げた部分を切り取って同じような布をつぎ足し、袖口を少し大きくして小さいラッパ型の袖にして、心を込めてきれいなボタンをつけた。そして最後に「馬蹄袖」と名前をつけた。パズイラはやって来てそれを見ると、確かに少し馬蹄に似ていて、他の人が着たことのないデザインだと言った。私たちは彼女に向かって誇張ぎみに、街でもこんなデザインはないわよと言った。彼女はもっと得意げになった。こうしてめでたく品物を渡すことができたのだ。

でもその後、ほとんど村中の若い女の子が自分のブラウスの袖を切り裂き、あんな「きれいな馬蹄袖」にして欲しいと言いに来た。

私が言いたいのは、もし私たちが変えようとすれば、もしかしたらもっといい暮らしができるかもしれないし、でももっとダメかもしれない。でも何をやったとしても今よりもっと確かで、もっと自信を持てるとは限らないだろう。知らず知らずのうちに、別の夢を抱いていた歳月はすでに過去のことになってしまったのか。考えてみると、私たちの人生の中であの最も楽しい若い時代をすべてこの裁縫技術を学ぶことに費やしたのだった。私たちはこれにだけ頼って生きていくわけにはいかない……私たちは布にはさみを入れ、裁断したり、縫ったりしてきたが、これはこの上なく当然のことだと思ってきた。しかし、急にまたこんなふうに考えると慄然としてしまう。そう、仕立て屋稼業は本当に神経を使う。でもあれだけ多くの忘れられない思い出がある。一針一針の、ほどこうと思っても簡単にほどくわけにいかないもの。しかも、私が言いたいのは決してそんなことだけじゃない……。ことばに表せない何かだ。もう一度糸を無事に針穴に通すと、いつもその瞬間、多くのことに納得がいく気がするのだ。

でもやっぱりことばには表わすことができない。

私の麺作りを見ていた男

私の麺作りを見ていたあの男は本当に嫌だった。私は捏ねて手にくっついたものを、あいつの顔に投げつけたいと、何度思ったことか。

あのときの麺は、確かに伸ばしづらく、伸ばそうと思うとすぐ切れてしまった。その上、切れていない麺は手から鍋に入れる直前に、まるで輪ゴムみたいにギュッと指の太さに縮んでしまい、いちばん細い部分でもお箸ぐらいの太さがあった。でもこれは私のせいじゃなくて、麺を捏ねるときに塩が入り過ぎて、でも、もとはと言えば、その塩は私が入れたんだ。

私は捏ねた塊をまな板の上に平らに広げ、指の太さほどの厚みにし、均等に油を塗り、次に包丁で指ぐらいの太さに細く切ってから、また伸ばした。私は他の人がこんなふうにしているのを見たことがあるもの。ぜんぜん間違ってない。でも私が同じようにしても……ちょっと引っ張ると、すぐ千切れてしまった。その二つになったものの端をまたつないで捏ねて、もう一度伸ばしても、また切れてしまった。私は腹が立って、両手でひっつかみ、右に左にひねってまた一つにし、ポンと置いておき、別の塊を伸ばした。

今度はそれをまな板の上に広げ、また細く長くねじって、それから一つひとつ輪にして腕にかけ、肘を広げて、まな板の上に「パーン」と叩きつけた。その音はかなりプロのように響いたが、「パーン」と音がした後、惜しくも輪になっていた麺は全部途中で切れ、バラバラになって、またキュッとゴムみたいに縮んで団子状になってしまった。だからまた一つにまとめて、最初からやり直さなくてはならなかった。

こんなふうにしばらく格闘していたら、一度だけもう少しのところで、うまくいきそうになったのに、どうしたことか鍋に入れるときに鍋の外に落としてしまった。

こっちでバタバタ、てんてこ舞いなのに、あっちでお湯がグラグラ沸騰しているから、水を何度も注がなくてはならない。最後に油を塗って、伸ばしそこねた麺の塊をもう一度、一つにして捏ねてみたが、最後にはどうにもこうにもならないものになってしまった。しかたなく、引っ張って、ちぎっては、叩いて……と、もうめちゃくちゃに鍋に放り込んだ。みんなちょっと大目にみてね。見た目は、やっぱりひどいものだったが、食べるには問題がない。

こんなふうに鍋いっぱいに膨らむ麺を投げ入れたが、その中には変な形のものまであった。それはまだ大した問題ではなかった。まったくひどいのは面白そうに私が麺を伸ばすのを見ていた、あの嫌な男のこと。

私たちは、非常に静かで辺鄙な小さい村に住んでいた。何か月も、誰かが突然戸口に立つことがないような村だ。それでもいつかはうちのドアを押し開けて、中をチラリとのぞくような人もいるものだ。それが、目の前のこの男だった。

私は彼を知らないいし、当然彼も私を知らない。もし彼が一軒一軒、人を探してやって来た人でないのなら、きっと一軒一軒他人の家のドアを開けて中を見る趣味の人なのだろう。見たいなら見ればいいけど、見たらさっさと行ってよ。

なんとこの人はドアを押して入ってきてチラリと見て、また一度ドアの向こうへ戻って、そしてもう一度ドアを押して中を見たのだ。


私は、「こんにちは」と言った。

「こんにちは。」

「何か用ですか?」

彼は返事をしようとしなかった。

「誰かお探しですか。」ともう一度聞いた。

彼はやっぱり私を相手にせず、私の鼻の頭にくっついた小麦粉をじっと見つめた。

そこで私も、彼を相手にするのをやめて、目の前の目も当てられないものをなんとかすることに専念することにした。

彼は大胆にもドアを大きく開けて、ドアの枠にもたれかけ興味津々に見物し始めたのだ。

見られるのってまったく煩わしい。私は彼のほうに顔を向けじっと彼を見つめた。でもこれは彼にはなんの効き目もなかった。

「あそこに椅子があるわよ、座れば？」と聞いた。

彼は、椅子を引き寄せ、どっかと座った。

この人は三十歳くらいで、背が高くて痩せていて、村では見かけたことがなかった。おそらく村を通りかかった遊牧民だろう。遊牧民らしい特徴があった。顔は浅黒く、両手の骨格は太く、動きもまなざしも静かで落ち着いていた。彼はまじめそうにそこに座り、馬のムチを近くにあった背の低いたんすの上に抛り、まるで目の前で阿肯※の弾き語り演奏会か、ふるさと祭りのパフォーマンスでも行われるのを待っているみたいだった。

「ねぇ、何がしたいの？」

「誰を探してるの？」

「なんか用事ですか？」

「そこに座って何がしたいの？」

「なんなの？」

「食べたいの？」

「見てて面白い？」

何を聞いても無駄だった。

少し腹が立ってきた。私は目の前のテーブルの上のくちゃくちゃな麺を引っ張って伸ばしてまた叩きつけて、力を入れて捏ねてまた捏ねて、とりあえず彼がじぃっと見ているのを見て見ぬふりをした。

何本かの麺が鍋のふちに垂れ下がっていたのを、私は指ですくい取り、火を強くしようとすると、うわっ、鍋がもう少しでひっくり返りそうになった。右手であわてて鍋を抑えたが、左手の中にある麺の束をパチャッと地面に落してしまった。

これで腹を立てずにいられるっていうの?

「ねえねえ、何してるの? 用がないなら出て行ってよ!」

「なんなの、なんなの、まったくうっとうしいんだから。」

「行った、行った。」

「出て行ってよ!」

「出て……。」

結局どうなったか当ててみてほしい? ——彼はなんと笑い出したのだ。

もし目の前で鍋が煮えたぎっていなかったら、私は真っ先に彼をやっつけに行ったと思う。私は、だいたい茹で上がった麺をすくい上げ、冷たい水に浸し、また続けて麺を伸ばしては鍋にぶち込み、茹でている間に、水をくぐらせた麺をすくい上げて皿に盛った。このとき、第二陣の鍋もまた茹で

※アーケン。カザフ族の伝統音楽。

上がっていたから、またすくって水にくぐらせ、また麺を伸ばして鍋に入れ……。

こう書くとまるで手際よくやっているように見えるかもしれないが、実は……ずうっと慌てっぱなしで、男はあごが外れそうなほど大笑いしていた。

私はでき上がると先に彼に一碗食べてもらうしかなかった。

彼は食べ終わるとすぐ出ていき、二度とこの人を見かけることはなかった。

そうして今はもう、私は麺作りが本当に上手になった。手順もよくて美しい。なのに残念なことに、もう誰も見てくれる人はいないのだ。

毎日、私は一人でご飯を作り、スープだ、水だ、なんだかんだと包んで、村の店で働きながらご飯を待っている人たちのために、静かで明るいカウトゥの小さな村を一人通り抜けた。昼間の通りはほとんど人っ子一人おらず、たった一羽の鶴がパタパタ行ったり来たりしているのにたまに出くわすくらいだった。私はご飯を届けるとまた一人で家に帰る途中で、一軒また一軒と静かな庭や家の前を通り過ぎる。私だって一軒一軒ドアを押して入って行って、誰かいないか見てみたい。もし誰かいたら、私だってよそん家のドアのところに寄りかかって、その人が何をしていようが構わずしばらく眺めていたい。

まったく寂しいものだ。

お酒を飲む人

酔っ払いのサフスがうちの店に油を売りに来るなんて驚いた。うちのおかあさんはサフスに「なんでお酒を飲みに来なかったの？」と聞くと、彼は、「二〇〇〇年になったからさ、酒飲みの任務ってやつがさ、基本的に終わったからね！」

でも、数時間も経たないうちに、こいつはまたやって来て、うちのドアを「ボン」と足で蹴って開けた。目は真っ赤、髪をふりみだし、上着の前を開け、上のほうのボタンが一個無くなっていた。

彼はよろよろとカーブを描いて私のほうにやって来て、手にしたボトルを店のカウンターの上にドンと置いた。また油を売りに来たのだった。

私にはお酒のどこが美味しいのかずっとわからなかった。初めは彼らがお酒を飲むのは、暇つぶしで、大勢で飲めば酒の力を借りて酔ったふりして賑やかになるからだろうと思っていた。

でも、その後、多くの人が、一人酒が好きであるということに気がついた。たとえば、ジエオンスベックはいつもこっそり店にやって来て、一瓶百cc入りの二鍋頭[※1]を買って、カウンターに凭れてチビチビ楽しむように啜っていた。

彼は、誰かが店のドアカーテンを押して入って来るのを見るや、すぐ瓶のふたをひねってポケットの中に仕舞って何食わぬ顔で挨拶し、相手が行ってしまうのを我慢強く待った。そして、また取り出してチビチビ啜った。それはまるで一人の食いしん坊の子どものようだった。あきらかに、お酒が彼にもたらすものは、テレビドラマや、小説の中で説明される「麻酔」とか「逃避」という類のものではなかった。

多くの人は私にお酒を一杯だけ注がせ、受け取ってぐいっと飲んだかと思うと、口をぬぐってお金を払い、満足して出て行く。重いドアカーテンを押し開けて、真冬の真っただ中へと大股で出て行く。そんな一杯のお酒を私たちは五角[※2]で売った。

私はあんなふうにお酒を飲む人たちが好きだった。彼らはお酒を本当に美味しいものとして味わっていた。少なくとも彼らの中ではお酒を飲むことは寒さを紛らわすための必需品だった。

群れて飲んで騒いで歌って踊り、あげくの果てには、お酒に少しぐらいお湯を混ぜても気にならず、見分けもつかなくなってもまだ騒ぎ続け、お酒を大事にしない、そんな飲み方とは違っていた。

それから、もう一つのタイプの大酒飲みの人たちもいた。それはカウトゥの酒飲みの大部分の人たちで、このタイプの人たちはいつも一種の怖いまでの――つまり「精神」とでも呼べる態度でお酒を飲んでいた。彼らは浴びるほどお酒を飲んでは酔い、多くの時間はむしろ沈黙していて、むやみやたらと頑固で、一切の節度ある行動を軽蔑していた。

彼らの飲み方と程度にはしばしば規則があった。カウンターのところに立って飲む人、あるいは座って飲む人たちは、おそらく飲み始めか、飲んでも一本飲むだけだが、カウンターの上にあぐらをかいて座るような人は一般的に、もう二本目をお腹に収めている。カウンターの上に立ち、俯いて天井に頭がつきそうな人は言うまでもなく、すでに三本は飲んでいる。四本目を飲んだら、だいたいみんなカウンターの下で寝てしまった。

当然例外はあって、たとえば、ジャナールは四本目を飲むと、かならず庭の垣根を踏んづけて屋根に上ったし、ミレティーは四本飲むと、いつも川べりまで走って行って橋の上から川に飛び込んだ。

他にも醜態を晒す人はたくさんいた。

うちは裁縫店だったから村でいちばん大きな姿見の鏡をかけていた。毎日いろいろな呑兵衛たちが村のあちこちからやって来て、順番にその鏡を覗き込み、一人ひとりが櫛を持ってきて黙っていつまでも髪の毛をとかしつけるので……まったくタマラナイ。

町役場の秘書長マフマンは酔うたびに、うちで背広の上下をオーダーし、しかもしっかり値引き交渉までした。でも彼がふだん着ている服は地味で貧相でさえあった。一着の見栄えのいい新しい背広の上下は彼のずっと実現しない夢なのだろう。

それから町を流れる川の西に住むバーハムは、酔うといつも一軒一軒お金を返しに行った。

この辺りで「電気虎」と呼ばれているタシケンは酔っ払うとやっぱり一軒一軒電気代を集金に行った。そして電気代の取り立てが終わると次は家々の裏に回って一軒一軒電気を止めて回った。私た

……………………………………

※1 アルゴウトウ。北京のアルコール度数が五十五度の白酒。
※2 日本円で七・五円位。

ちはなす術もなく、ただ怒ってロウソクを灯し、お酒が覚めてから彼が謝りに来るまで待つしかなかった。彼は、いつもは謝ってから線をつなぎ直し、また一杯酒をあおってからでないと帰って行かなかった。

タシケンが連れて来る若い見習いもちょっとした酒飲みだった。この若者は、なぜか人に変な印象を与えたが、かといってどこが変かと具体的には言えず、とにかくどことなく何かが変だった。彼はあんなにデカいのに、顔にはいつもとっても自然かつ強烈な一種の子どもっぽい表情に溢れていて、ちょっと無邪気で……そう、つまり罪が無くて素朴で無邪気なのだ。まったく変だ。彼はまったくどこが他の人と違うのか。目鼻は誰だってあんなふうについてるし。そこで私は、彼が来るたびに注意深く観察した。確かに彼が口を開けて笑うとき、その無邪気さが猛烈にはっきりする。彼が笑い終わって口を閉じると、とたんにあの無邪気さはどこかに消えてしまう。そこでもう一歩観察を進め、さらに観察すると……とうとうわかった……ひゃ、何が無邪気なものか。彼の口の中は、前歯が二本欠けていたのだ。

言うまでもなく、飲み過ぎて転んだんだろう。

タシケンの話では、この愛弟子は七年前に弟子入りしたのだが、今も独立することなくお酒を飲むこと以外何も身についたものはない。まったくその通りで、こいつはうちの電線をつなぎに来たとき、ちょっと感電して苦しそうに顔をゆがめたことがある。でも、彼だって電気のスイッチくらいは修理できる。うちの電気のスイッチの紐が、一時期調子が悪くて、五～六回引っ張ってやっと電気が灯るといった状態だったが、彼が修理に来てくれてからは三～四回引っ張ればいいようになった。

おそらくどの村にもこんな若者がいるだろう。つまり必死になって田んぼを耕すわけでもなく、かといって町へ出て行く勇気もなく、毎日、カザフ語訳の中国の流行歌をフンフン口ずさみ、徒党を組んであちこち酒を飲んで回っているような。

彼らはあの手この手で私を言いくるめようとした。「お嬢さん、ダメだよう、俺たち本当にお金ないんだよう。」と。酒に酔ってくると今度は、「姐さん、本当にお金持ってないんだよ……。」と言う。すっかり酔ってしまうと、「アーイ（おばさん）」と呼ばれてしまうことになる。ちょっと変なのは、彼らがお金を持っていない以上、どうやって彼らにお酒を売ればいいの？

まったく、一日中こうで、人はみんなお酒に飲まれてわけがわからなくなってしまう。

うちのカウンターの下の角に今でも処置に困る宝物がある。それは革のジャケット五着と、帽子何個か、鞭数本、革の手袋一組、懐中電灯二～三本、それからオートバイのヘルメット一個、何本ものナイフ、身分証明書の山、戸籍簿一つ、数え切れない時計（その半分は動かなくなっている）だ。もっとおかしいのは、一足の革靴……すべて呑兵衛たちがお酒のかたに置いて行った物だ。おそらく酒が覚めてもすっかり忘れてしまっているのだろう。

もっと腹が立つのは、あの人たちはなぜだかわからないが、夜元気がよくて、雪と氷の中を何時間もドアを叩くことができるのだ。彼らがうちのドアを叩けば叩くほど私たちは開けてやらない。私たちが開けなければ開けないほど彼らも徹底的に、根気良く、ずっとドンドンと叩き続け、空が明るんで来てやっと家に戻って休むのだ。そして夜まで眠り続け、ご飯を食べてからまた来てドアをノックし続けるのだった。

いつも深夜まで働いて、仕事が終わって外へ出ようとするとドアのところに埋まったものに足を取られそうになる。下を見てみると酔っ払いがうつ伏せで寝ている。氷と雪との中に、いったいどのくらい倒れていたのだろう。急いで家の中に引っ張り込んでストーブの側まで引きずって行き、目を覚まさせてから家に帰らせる。腹が立つのは、こういう人たちに限って目を覚まして最初に言うことが、「お酒ちょうだい。」だった。たった今、寸でのところで命を落としかけたことなんてなんとも思わず、後になって怖がることも滅多にない。

まったくわからない。どうしてそんなにお酒を飲みたいのか。お酒のどこが美味しいのか。あんなに辛くて、しかもお金も使わなくてはならないのに。

うちのおかあさんも少々アル中だ。普段の食事のとき、美味しいおかずがあると私に一杯注がせた。おばあちゃんだって、たまに自分から一口飲みたいという。私だけがどうもお酒が好きにはなれない。

おかあさんは、若いとき兵団※にいたことがあり、連隊の「娘部隊」に属して毎日遅くまで田畑で働いて、家に帰ると、へとへとに疲れ切っていた。だから寄宿舎生活の娘たちはよく眠り、翌日元気が出るようにと、酒瓶をつかんでグビっと一口飲んでは酔っ払い、ふらふらとベッドに入って眠ったものだ、と話してくれた。時間が経つうちに癖になったようだ。

おばあちゃんの場合は、こんな理由だと思う。辛い生活はお酒のような激しくて、人を他の極端な状態へ誘うものが必要だったのだろう。

ことに、あんな酔っ払いたちを見ていると、目つきは朦朧としてしかも執拗で、足元はよろよろ、両手できちんと物もつかめない。彼らは別の世界に入り込んでしまい、こちらの世界の規則を受け入れなくなってしまう。生命の危険さえ受け入れなくなってしまう。ほんとうにお酒って不思議なものだ。温和な穀類と温和な水がいったいどういう変化を通して、最後にこんな強烈で不安な液体に様変わりするのだろう……私たちは一日三回ご飯を食べ、この穀物を食べ、この水を飲み、やさしく体の栄養となっているが、誰もそれらが私たちの体の中で、長い時間をかけてどんな変化を起こしているのかを知らない……私たちは日一日と老いていき、体は病気で様々なほころびが出てくる。杖に頼ってよろよろ歩き、次第に意識も朦朧としてくる……人の一生も一種の強いお酒に酔っていく過程なのかもしれない。突然、「殊途同帰（道は違っていても、同じ目的地にたどり着く）」ということばを思い出した。ははは、世界は本当に不思議に満ちている。お酒ぐらい飲めなくても構わないでしょう。

そうだ、私の知っている漢民族の人たちはお酒に酔っ払ってもあまり面白くない。よくあるシーンはただ二人向き合ってひざまずき、終わることなく謝り続け、それから抱き合って一緒に泣く。(ちなみに、カウトゥには、漢民族は住んでいなくて、これは夏に出稼ぎに来る農民工たちのことで、カウトゥ寄宿中学校の新しい教室の建物を作りにきた人達のことだ。)

※新疆生産建設兵団のこと。国家から新疆の開拓を請け負っている。

それからあの小黄《シャオホアン》。仕事が終わるとうちにやって来た。普段は好青年だが、一旦酔っ払うと、わけもなく泣きわめき、うちのおかあさんを「義理のおかあさん」にしたがった。おかあさんも仕方なくいいよと言ったが、彼は次に酔っ払ったときにもまたおかあさんに認めさせようとした。

アルシャーと彼の冬の牧場

私たちがまだカウトゥで商売をしていたとき、アルシャーと知り合った。

その日、彼はうちの店に入ってきてズボンを買いたいと言った。初め彼はカウンター越しに私たちと話をしていたが、だんだん慣れてくると、カウンターの上にあぐらをかいて話し始めた。その日は、みんなも興味津々でいろいろなことを話し、長いことおしゃべりをし、あっという間に時間が過ぎた。彼が店を出ようとしたとき、私は、アルシャーがズボンを買いに来たことを思い出した。でも話し始めると彼はまったくそのことには触れなかった。

アルシャーは特に美男子というわけではなかったけれど、でも会う人みんなが彼を好きになった。彼はとても若くて、背こそ高くなかったが、顔は黒々として目が輝いて、人を見つめるとき、とても誠実な感じがした。中国語で話そうとすると一言一言の間に、少なくとも三つのポーズがあって、これが彼の話し方がいつも真面目に聞こえる理由で、だからこそ聞くほうはやや面倒臭くもなった。

彼は、「俺がさぁ……今年さぁ……、山行くのも二度目だし……山の中ってさ……いいよね……緑で……どこもかしこも緑で…………。」と言った。

その日、私たちは、アルシャーは、もとは先生だったってことを知った。やっぱりウルムチの師範学校を卒業していた。卒業してまだ二年にもならず、ずっと牧業定住寄宿学校で教えている。牧業寄宿学校[※1]は定住地域の学校とは異なり、一年の内一学期だけしか開講されず、授業は長い冬の間だけだと私は前から知っていた。だから子どもたちはほぼ一年のうち、半年だけ授業を受け、後の半年休むことになる。先生たちも冬に教えて、夏は羊飼いをする。

冬になると羊たちは南下し始め、ジュンガル盆地の中心に果てしなく広がる冬の放牧地へと渡って行く。老人や子ども、体の弱い人たちはウルングル川[※2]まで来るとそこの定住地域で留まる。ウルングル川は東から西に向かって、穏やかで広大なブルルトカイ[※3]へと流れ込む。川に沿って、あちこちに定住の、あるいは半定住の村々が散在している。そこには学校や商店や診療所などがあって、うちの雑貨店も冬にはそこへ引っ越すかもしれなかった。

一方、冬の牧場は、遥か遠くの南ゴビ砂漠、グルバンテュンギュト砂漠という巨大な砂漠の真ん中に地面が落ち窪んだところに一つひとつと点在し、これが「冬窩子《ドンウォーヅ》[※4]（冬のすみか）」で、風下に深く縮こまるように存在していた。そこは私たちが永遠に行くことのできないところだった。ただ、そこから戻ってきた羊たちは、黙々と、我慢強く、何かを知っているようでもあり、何も気にも止めない様子でもあった。

アルシャーは、「冬窩子《ドンウォーヅ》だからさ……風はないし、雪もない……やっぱり雪はあるよ、雪は少ないだけ……とても少ない……少ないわけでもない……羊はね、ゆっくり動いて……ゆっくり草を食べるんだよ……。」と言った。

私たちが知っている「冬のすみか」は、羊たちがあの広くて陰鬱な空の下をゆっくりと移動し、頭を垂れて何かを懸命に食んでいる、そんなイメージだ。それは大地が起伏している場所で、冬の中に沈みこんだような場所で、風と寒気はそこまで来ると、もっと高いところをビュウビュウ吹き過ぎるので、そこの温度は比較的暖かくなり、雪は少なくなる。羊たちは、口と前足のひずめで凍った雪を砕いてその下にある枯れ草の茎などを食べるのだ。羊たちは細心に、そして大事そうに草を食べている。その上空には雪が舞っている。

だから「冬のすみか」と呼ばれる冬の放牧地は、晴れ上がったよいお天気ほど貴重なものはない。そんな天気だと遊牧民たちは羊を追ってずっと遠くまで行けるし、氷雪がまだらに残る原野で、最後の枯れ草を探すこともできる。もっと遠い場所には灌木の林があり、天気がよければ、家の男たちが、朝まだきに馬車を用意し一人でそこへでかけて行く。冬のすみかでは普通の人たちは石炭を燃やすお金はない。少し裕福な家では薪を燃やす。そうでない人たちは羊のフンで暖を取り、炊飯

※1 著者によると、牧業寄宿学校は「冬の放牧地」へ南下する途中の「牧業定住地域」にあり、冬の間、子どもや老人、体の弱い人はここに留まる。
※2 モンゴル国から中国へ流れる川。
※3 新疆アルタイ地区に位置する県。
※4 「冬のすみか」と呼ばれる地下穴の家。

をする。低くて簡単なパオ※の後ろには薪と羊のフンが高く積み上げられ、これがこの冬いっぱいの暖かさになる。でもいつかは薪が足りなくなることがあるから、女たちは心配しながら日を暮らし、男たちは高い場所に立って天を見上げ、ここ二～三日の間に外へ出て薪を運んで来られるかどうかを考える。

「夏の牧場」のパオは支柱が高く組まれ、円錐形の屋根の下には赤いペンキの柵がめぐらされている。でも、冬の牧場の冬窩子《ドンウォーヅ》は保温のために大地に穴を掘って円錐形の屋根をその穴に直接取り付けるので支柱はない。斜めの通路が地面につながって、この階段のような通路が地下の部屋につながっている。これが俗称「地窩子《チィウォーヅ》（地下のすみか）」と呼ばれる地下穴の家だ。地下のすみかの外側では北風は吹きやむことなく、ストーブの火は小さい家のなかでチラチラと燃え続ける。女主人は赤黒い顔にきれいな目をしている。

アルシャーは、「俺さぁ……ないんだよ……冬のすみかに行ったことが………小さい頃、行ったことがあるけど……それからは……政府が俺たちをさ、半定住生活にしてしまったからさ……。」と言った。

そうだ、私たちの話題はある一本のナイフから始まったんだった。初めはアルシャーが、私が手で弄んでいたナイフを買いたがり、「結婚する予定で、結婚するときに花嫁にプレゼントできる」と言った。私は、これまで結婚のときにナイフを送る風習があるとは聞いたことがなかったから、アルシャーが私をだまそうとしているのじゃないかと疑った。でもそれはどうでもよくて、私はそのナイフを手放したくなかった。私の英吉沙《インギサル》県特産のナイフはちょっと派手で、気に入っていた。といっても使い勝手は悪かったが、それでも私は好きだった。いつも肌身離さず、ポケットの中でずっしりと重く、しょっちゅう触るとそれは自分のいちばんの宝物に思えた。

私は、「こんどウルムチに行ったら、いいナイフを探して来るから。」と言った。するると彼はがっかりしたようで、「実は……英吉沙《インギサル》ナイフって……あまりいいと思わない。今はね……庫車《クチャ》ナイフがいいんだよ。」と言った。

うちのおかあさんはすぐに、「違うよ。」と言い、私の知らない土地の名前を言って、「あそこは、村全体でナイフを専門に作ってるの。私たちカウトゥの『加工場』みたいに。あそこのナイフがいちばんいいわよ。見た目は英吉沙《インギサル》ナイフほどカッコよくないけど。」と言った。

「加工場」はカウトゥの北側の奥深く湖の辺りにある小さな村だった。村の男たちは、畑仕事をする以外にそこで鞍や、馬の鞭・蹄鉄、そして牛革に押し模様を施した伝統的な靴などを作ることができた。彼らは冬の間中、こうした伝統的器具を作って過ごす。

「それ、どこ……俺……よくわからない。」

そこで、うちのおかあさんが東西南北をもう一度私たちに説明してくれたから、やっとなんとなく方角がわかってきたが、アルシャーはまだ飲み込めないようだった。彼の中国語は特別上手でもなかったし、少々複雑な話となると、理解できないようだった。だから、しばらく彼は何も言わな

……………………………………………

※フェルトでできたテント式住宅。

かった。そしてしばらく考えて、ちょっと辛そうに言った。

「行ったことない……どこも行ったことないよ。冬のすみかって、俺はどこも行ったことないよ。……小さい小さいとき、行ったことがあるけど……。」

……そのナイフを専門的に作っている村には私も行ったことがなかった。それは、もう一つの遠く離れたところだった。カウトゥから遠く、「冬のすみか」からも遠かった。そこの冬はまたもう一つの見知らぬ冬で、十一月から次の年の四月までの長い時間がナイフの先の微かな光の中で静かにだまりこんでいた。どこの家もナイフを作り、刃先を研ぐ機械が日夜休まず部屋の奥で動いていた。小さい子はそのそばでナイフの柄の作り方を学びながら、どこにでもある木片を手に持って、一本のどこにでもあるナイフで削り続けていた。一体どのくらい削ったらナイフにいちばんぴったりの柄になるのかもわからないというように。


私たちはアルシャーとおしゃべりをしながら、一方でカタカタカタカタとミシンを踏んでいた。アルシャーはまるで自分の家の寝床にあぐらをかいてでもいるように店のカウンターの上にあぐらをかいて座っていた。ちょうど晩春で、全部の羊の群れが牧場へ移動するためにカウトゥを通り終わるのを待って、私たちも夏の放牧地へ引っ越そうとしていた。アルシャーは数日後に山に入っていかなくてはならなかった。彼は四百頭以上の羊を飼っていたが、羊の群れはまだカウトゥに到達していなかった。アルシャー一家のパオはカウトゥの南ゴビ砂漠に組み立ててあったが、そこは新緑の緑に溢れていて、彼らはもう二、三日してから出発することにしていた。

「冬は……あんたたちも……カウトゥにいるのか？」

「ううん、今年の秋に羊の群れについてウルングル川のほうに引っ越すつもり。つまり『紅土地《ホントゥティ》』辺りに。」

「えっ、俺もそこにいるからさ……俺は『黒土地』のほうだけど……『紅土地《ホントゥティ》』から近いよ……でも、今まで一度もあんたたちをあそこで見かけなかった……。」

「だって、私たちは今まで一度も行ったことがないから。でも今年は行くつもり。カウトゥでの商売も、あまりよくないし。冬は人がすごく少ないから。」

「うん、うん。『紅土地《ホントゥティ》』……人がたくさん。冬になると……人がいっぱいだよ……みんな残って。羊だけ……川を渡って南に行く……冬のすみかまで行って……今年俺も……たぶん行くと思う……。」

そして、彼はまた言った。「おとうさんが……体が悪くて……家には誰もいない……でも、羊がさ……やっぱり……。」そうして彼はここで話すのを止めて、なんとか遠いけれどぴったりのことばを探そうとしていた。でもしばらくして、すっかり黙り込んでしまった。

私たちは、「アルシャー、羊を飼うのやめたらどう。私たちみたいにちょっと商売でもすればいいじゃない。あんたみたいに頭のいい青年ならきっとお金をたくさん稼げるわよ。」と言った。

「ダメだよ。やっぱり……羊飼いをしなきゃ。俺のお爺さんは羊飼いで……俺のお父さんも……羊飼いをして……ずっとうまくいってきた……俺は今、先生になったけど……いつまでやれるか誰もわからない。」

「羊飼いってたいへんじゃないの。いつも移動しなくちゃならないもの。」

「あんな移動……簡単だよ……本当に簡単……。」

「羊飼いのどこがいいの?」

彼はしばらく考えて言った。

「あんたたち、仕立て屋でしょ……裁縫ってどこがいい? ……俺たちは……羊飼いって……つまりどこがいいかな……。」

私たちはみんな笑った。そして私は「アルシャー、こんどウルムチに行ったら、あんたのためにいちばんきれいなナイフを必ず買って来るから。」と言った。

二日後にアルシャーはまたやって来た。彼の羊たちも一緒だった。カウトゥを経由して、ドカドカとそこら中埃を巻き上げて行った。羊の群れが完全にカウトゥを通り過ぎるにはそれなりに時間がかかるから、その間アルシャーはうちの店に来て、お茶を飲んでいた。お茶を飲みながら窓の外を振り返って、彼の妹が赤い服を着て、馬にまたがり、羊たちの前に行ったり、後ろに回って何か叫んでいるのを見ていた。他にも二人の男の子たちが、隊列が乱れないよう長くて細い木の棒を振っているのが見えた。ずいぶん時間が経って、羊の群れがやっとこの辺りを完全に通り過ぎてしまうと、地面には無数の羊の踏み跡が残っていた。

「今回の羊たちはどこまで登って行って停まるの?」

「……山の入り口……数キロのところかな。」

「今回は何日停まるの?」

「三日かな……五日かも……俺だってわからない……カウトゥって……草があまりよくないから。」

「ふふふ。やっぱり夏牧場の草っていいよね。」

彼も笑った。

それから私たちは冬の牧場のことを話した。遠くて静かな冬のすみかのことを。

「冬のすみかはさ……羊……はやくはやく痩せるよ。弱い羊は……すぐ殺して、絶対すぐ……羊の群れを揃えて……冬のすみかは草がとっても少ないから……羊……かわいそうで……いっしょうけんめい行っても、遠くまで行っても……ちょっとの草も見つからない……。」


……若いアルシャーたちは、冬の牧場で羊たちと一緒にひっそりと暮らしている。そこへ通じる道は、厚い根雪に閉ざされ、一冬中、外界との接触を断たれている。備蓄した食物は質素で限りがあり、野菜や果物は望みようもなかった。北風は終日休むことなく吹き荒れた。だからアルシャーの花嫁もすぐに若い娘らしさが色褪せ、やつれて痩せたが、丈夫になった。彼女はもとはといえば定住地域の農民の娘だったが、ある日、アルシャーについて行き、突然遊牧生活を切り盛りし始め、手慣れた様子でこなすようになった。それはまるで血液の中の遠い記憶が、厳しい生活の中で呼び覚まされたかのように。

彼女は雪がずっしりと入ったバケツを提げて家に帰り、それを沸かして使う。アルシャーは家にはいなかった。彼は朝早くから羊の群れを放牧しに出かけて、あちこち草のあるところを探し回った。この日、彼が放牧に出かけた場所はずいぶん遠いところのようだ。彼女は屋根の上が破れて風が入って来るところを見つけて、自分でなんとか注意深く修理し始めた。忙しく家を守りながら心穏やかにアルシャーの帰りを待つのだ。彼女は働くときにも、いまだに花嫁の頭巾をかぶって、頭巾につけた白鳥の羽を外そうとはしなかった……。

冬のすみかの生活はなんと大変なんだろう。なんと想像を超えているんだろう。でもアルシャーは一種の古い考え方に基づいた理解で、当然のこととして受け入れているのだろうか……。

アルシャーはしばらく座って、それから別れを告げ、羊の群れを追いかけるため出て行った。私たちは彼を入口のところまで送り、六月頃サイホンブラックの夏牧場で会おうと約束した。振り返ると、彼が持ってきたひと包みのチーズとひと塊のバターがカウンターの上に置かれているのに気がついた。私はアルシャーが馬に乗って静かにサイホンブラックの谷間の緑の草原を抜けて行くところを想像した……その時、彼は道々、「漢族の裁縫店」のテントはどこかと聞いているだろう。当然、その時は流暢で少しもためらうことのないカザフ語で、自信に満ち溢れて。でも彼は本当に私たちを探して来てくれるだろうか。本当にナイフのことを覚えておいてくれるのだろうか。若くて寂しげなアルシャーがある日、ズボンを買うことを口実に店に入って来て、あの古くから続く水や草を求めて移動する途中で羊たちの群れからしばし離れ、私たちとあれほど多くの話をした……

ある日、私たちだってもしかしたらこんなふうに話がしたくてたまらなくなって、誰かの家に入り込んで、話し相手を探して一生懸命話をし、話し終わると去って行くのではないか。そんな生活にもっと満足しながら。

バラアルツで

林林《リンリン》のいた日々

バラアルツで、私と鉄鉱石を運ぶ運転手の林林《リンリン》は恋をした。私は毎日ミシンの前でげんなりしながら彼が私に会いに来るのを待った。遠くから車のモーターの音が聞こえてくるとすぐに飛び出して外を見に行くから、建華《ジエンホア》（おかあさんの弟子のお針子）やおかあさんたちは笑い転げた。でも、私たちは八回会っただけでその後会わなくなった。本当に悲しかった。恋愛するって本当にいい。誰が見ても私の彼はハンサムだと言うから、鼻が高かった。しかも彼は私に会いに来るとき、いつも大きな包みの美味しいものを持ってきてくれたのだ。

しかもね、彼は黄河メーカーの真っ白な車を運転していたから、「黄河」の車って私たちのいる辺りの全てのトラックの中でもいちばん大きくて長く、他の「解放」だの「東風」などと言ったメーカーの車はまるで小さい爬虫類みたいだった。でも、すぐ鉱山の車はみんな康明斯《カミンズ》とか斯太爾《シュタイアー》のトラックに統一され「黄河車」はすぐダサいトラックになってしまった。いつもその高い運転台に座っているときが特にウキウキした。もしも彼の車が路上で故障すると私はもっと嬉しくなった。なぜって、そうしたら彼がジャッキで車体を持ち上げるのを手伝えるからだ。ジャッキを使うのってとても面白かった。だって考えてもみて、あんなに重くてあんなに大きな車の頭部が、私が何回か回すだけで高く跳ね上がって、まるで私の力がすごいみたいなんだもの。

私は、いつもピタッと彼にくっついて運転手の座席の横のエンジンのカバーの上に座った。だから途中で挨拶しあう他の運転手たちは、みんなお節介にもブレーキを踏み、ガラス窓を開けて、親切ごかしに、「変わってやろうか」と言った。

そうこうするうち、私はディーゼル車とガソリン車のモーター音を聞き分けられるようになった。こうすれば遠くから聞こえてくる音を聞き分けられ、心の準備ができ、前のようにちょっと車の音が聞こえればすぐ馬鹿みたいに外へ駆け出して行くこともなくなった。でもまた間もなく、お針子さんたちに見透かされるようになった。彼女たちのほうがちょっと何か音が聞こえると私より先に判断するようになったのだ。「耳がジーってあまり高くならないからきっとガソリン車ね。ぬか喜びよね？」……まったく、待つって、本当に永遠に待ち遠しい。

私たちは、ほぼ十日に一度会った。でも毎日、私たちの辺りを通過する車はだいたい二十台ほどあったから、つまり、二百台が通り過ぎてやっと彼の白いトラックが一回出現するという計算だ。この土の道がとても寂しく感じられる。夕方涼しくなってくると、私は彼の来る道路に向かって歩いた。空は澄み、夕日は静かに西の空に懸かりつややかに光っていたが少しも熱くなかった。なめらかな月が透き通った空に浸かり、広い谷の対岸は深い赤色の切り立った崖だった。この道路のある場所の地形はとても高く風がいつも強かった。いちばん高い場所に立つと、麓の土道が、かすかに白くひっそりと浮かんで見えた。そのとき、土埃が濃く巻き上がって、遠くからこちらへやって来るのが見える。高い丘の上で長いこと待っていると、土埃の中からゆっくりと一台の鉱石を満載した「東風一四一」車がやって来る……これも林林の車じゃない。

林林の車にはもう一つ明らかな目印があった。荷台のクッションのところにいつも高々と鉄のスコップが挿してあった。

彼に初めて会ったとき、彼は車を止めてクッションを点検し終わり、鉄のスコップをそこに挿してそれから振り返って私に言った。「お嬢さん、なんの用もないのにしょっちゅう町に行って何すんの？　はははは、気をつけないと君を売り飛ばしちゃうよ……。」と。

彼はもちろん私を売り飛ばしたりしなかった。それどころか私に大盤鶏《ターパンジー》※をご馳走してくれた。それは私が彼の順風メーカーの車に乗せてもらって町へ行ったときのことだ。彼の黄河車は加重積載でずっとパンクしたままだったから、もともと八時間の町への旅程のはずが、むりやり一泊二日で彼につきあう羽目になったのだ。途中彼はずっと「もうすぐ、もうすぐ、大盤鶏はもうすぐだよ……。」と私をなだめた。私は疲れ果てて彼を構うこともできなかった。

旅の途中、たった一軒「四十五キロの処」という場所に木造二間の小さい食堂があった。そこに着いた頃にはもう、空は真っ暗で、私は車を降りるとぼうっと中へ入って行き、一台のベッドに触ったかと思うとよじ登ってすぐ寝てしまった。お店のおかみさんが私に布団をかけてくれた。林林が外からどんなに呼んでも、相手にしなかった。深夜になってお腹が空いて目が覚めた。隣に灯りが見えたので、這い上がって板壁の穴から隣の部屋を見ると、ロウソクは燃え尽きそうで、テーブルの上には何か物が載っていて新聞がかぶせてあった。木のテーブルは記憶の中に止まったままのように静かだった。

私は、この若者が私に構わず自分だけで車を運転して行ってしまったかと大いに慌てた。手探りで板壁をしばらく触ってドアを探し開けてみると、彼の車が止まっていて、月光の下にくっきりと浮かび上がっていた。月はまだ山の向こうに隠れることなく、天も地も明るく昼間のある瞬間にあるような明るさでとても不思議だった。しばらく見ていて、何度か叫んでみた。そして急いでテーブルのところに戻り、新聞をどけて、ロウソクの最後の灯りで、皿に半分残っていた大盤鶏をたいらげた。


私がどうして林林を好きになったのか。おそらく彼が大きなトラックを持っていたからだろう。そのせいで彼が非常に強く見えたし、その強さで私になんらかの変化をもたらしてくれるように思えた。私はただの仕立て屋で、毎日ミシンの前に座って山のような布を相手にし、生活は限りなく貧しく、休みさえなかった。

しかも彼は私と同じように若く、同じように愉快な笑い声をたてた。また彼はいつも一人で、いつも孤独だったから。彼は大きな黄河トラックを運転するとき、長時間、山々の間を延々と蛇行し

※鶏肉とジャガイモを煮込んだ新疆の名物料理。麺を入れて食べる。

エンジンの音を轟かせて過ごすのだ。空はいつも深い藍色で変わることはなかった。

あるいはまた、バラアルツだったから、遥かなるバラアルツにいたからかもしれない。ここは何度も捨てられ、また何度も拾われた小さい小さい村だ。ここには電気もなく、過去の電信柱が虚しく村の中に立っていて、まるで有史以前のもののようだった。ここには古びたものと「永遠」の気配に満ちていた。村の周囲は、収穫を終えたジャガイモ畑と麦畑が広がり、家うさぎと野うさぎが一緒に野原のあちこちを跳びはね、早朝の塀の上には黒光りする羽をしたカラスが止まっていた。

草刈りの季節が過ぎたばかりの家々の屋根には小山のような草束がのせられていた。その鮮やかな金色が真っ青な天空に迫り、見上げるとまばゆいぐらいだった。村の道には厚く綿のような土が積もり、指三本位の厚さがあった。でもこの土の層は平坦で静かで、足跡一つなく、人っ子ひとりいなかった。川は渓谷の低いところをチョロチョロと流れ、高いところから見下ろすと、両岸の樹木は日一日と緑の色を失っていた。羊の群れは次々と通過して行き、静かに白柳の葉と枝を食べていくので緑はどんどん淡くなっていった。一方、葦やその他の灌木は、つややかな黄金色になり一層濃くどこまでも広がった。

私は川へ水を汲みに行き、ゆるい勾配の丘を歩いて山を登り、高いところにある麦畑を抜け、ハネガヤ草の草むらの中に分け入った。肩は荷物の重みで痛み、十歩も歩けば荷をおろして休み、牛のようにはぁはぁ喘いだ。空を見上げると、空さえもめまいを起こしてその青さに紫色を含んでいるように見えた。その上、家はまだあんなに遠く野原が尽きた辺りの丘の上だった。

このとき、誰かが遠くから大声で私を呼びながら、こちらへゆっくり近づいてきた。私は、白く茂ったハネガヤ草の中、広大で明るい青空の下に佇んで長いこと彼を見ていた。そしてそれが林林だとようやくわかった。

あらゆる地方の中秋節と同じように、その日、バラアルツにも大きくてまん丸な月が空にかかっていた。特に夜は、この大きな月が静かに天空の真ん中に浮かび上がり、月の縁は光って鋭く、それに触れたものはみなパックリと傷ができそうなくらいだった。だから万物はみな身を縮めて月を見上げていた。月は世界からあんなに近く、どんな月でも、この夜のように大地に迫るほど大きかったことはない。まったく月でないような、まるでUFOみたいな不思議な物体のようで、あまりにも丸くて悲しくなるほどだった。

私の家はこの一帯の坂の中でもいちばん高い場所にあった。周りは平坦な土地で囲まれ、下方は広々とした渓谷をのぞみ、対岸は南北に連なる長い切り立った崖だった。私が家を出て高原の土の道を行ったり来たりしているうちに、黄昏の涼しい風が次第に強くなってきた。空が夕方のうっすらとした藍色から深い群青色へと沈んでいくとき、月は本当の意味を持ち始め、月の色は銀白色から黄金色へと変わっていった。夜の帳が下り始め、天空にはいちばん星が光りだし、一時間前に人にさまざまな幻覚をもたらした雰囲気は跡形もなくなっていた。またありふれた静かで長い夜がやって来たのだ。

家の窓にはガラスがなく木の格子がはめられ、明るい月の光が差し込み、大きなオンドルの上に満ちていた。私と妹以外、我が家の他の人たちは全員町へ出かけていたので、この日が中秋節であることを忘れてしまっていた。中秋節をみんなでお祝いするかどうかは別に大した問題ではない。この山里の日々の生活ではうっかりすると、ほとんど季節と天気の変化で時間を計算するぐらいで、正確な日の出、日の入りで計算することはできなかった。もし今日がなんの日かを知らずにいたら、どうでもいい日として過ぎていくだけだ。ただ気がついてしまったばかりに、なんだか奇妙な感覚が生まれ、知らずにやり過ごすことができなくなってしまった。

私と妹は早々に店じまいをし、長いのやら短いのやら何本もの棒を使ってドアをしっかりと戸締りした。それから何個かの大きな石で押さえ、溢れんばかりの月の光の中で夕食の準備をした。片隅のストーブの火は暗闇の中で見ると比べようもないほど不思議な美しさを放ち、チロチロと生命のあるもののように燃えていた。

私は小麦粉を捏ねて全身粉だらけで、麺を茹でるためのお湯はすでに沸騰していた。ちょうどバタバタしていたときに、突然ドンドンと遠慮なくドアを叩く音が聞こえてきたのだ。妹と私はびっくりし、本能的にあらゆるあってはならないことを考え始めた。だって、なんと言ってもここは、村も店もない荒れ山の頂上で、家には若い女性二人だけだったのだから。辺りも暗くなって、誰がドアを叩くというの？

私たちはお湯の沸いた鍋をかまどから慌てておろしてストーブの火を隠し、声をひそめて家の中には誰もいないように装った。でも、それは難しかった。ドアはあきらかに中から鍵がかかっているのだし。そこで、ドアを叩く音はせっつくように聞こえてきた。

ついに私も腹を据えて、冷静に口を開き、「こんな遅く、誰？」と聞いた。

「僕だよ。」

「僕って誰？」

この問いは彼を困らせたようだった。しばらくして「大盤鶏《ダーパンジー》だよ！」と言った。

こんなに嬉しいことってなかった。あの重しにした石や、長短さまざまのつっかえ棒を外すのに時間がかかるのが恨めしかった。

あれが林林と二度目に会ったときのことで、永遠に忘れられない出来事だ。彼は私に月餅を持ってきてくれたのだ。それからオンドルの上に座り、私が月の光の中で小麦粉を捏ね、麺を伸ばして鍋に放り込むのを見ていた。私たちは話題にしていいことも、いけないこともなんでも話をした。月の光は次第にオンドルから、壁のところへ動いて行った。だから妹はロウソクに火を灯し、私たち三人はロウソクの灯りを囲んで麺のスープをすすった。

林林のトラックは店の前の空き地に止まっていたが、後で彼は寝るために車に戻って行った。彼は大きな体を運転台にうずくまるように横たえ、きっと寝にくかったことだろう。しかも深夜になれば気温が突然下がり始め、外はいつも寒くなる。私は彼を隣の部屋に泊めてあげたかったのだが、若い娘心からなんとも言ってあげられなかった。今になってもそのことを思うととても後悔してしまう。あまりにも傲慢で用心深過ぎだったと思う。彼を傷つけていないことを願うだけだ。

今でも思い出すと、実は林林はなんと多感な若者だったのだろう……。

あの夜、月は次第に西に傾き、部屋の中は真っ暗で静かだった。でも窓の外の天空は明るく、世界は一種の奇妙な昼に静止したままだった。林林の大きな白いトラックは静かに月光の中に止まったまま、荷台のクッションには空に向かって高く鉄のスコップが挿し込まれ、それはまるで終わることのない一種のことばのように、高々と掲げられていた。あの情景は異常なほど真実で、それまでも、またこれからも永遠に変わらないもののように思えた。

もしバラアルツで恋物語がなかったら、すべてがいつまでもこんなに美しく思えただろうか。私は川へ水を汲みに行くとき、いつもすぐにはバケツを投げ込む気にならず、一人で川に沿って下流へ歩いた。麦畑や、ひまわり畑、そしてまた大きな白柳の林や葦の原を通り、村の木橋が見える場所まで歩いて行った。そしてそこに長いこと立って、目の中に一台のトラックがあの橋を渡って入って来るのを待っていた。そしてあの日々、たとえ川へ水汲みに行くときでも、私は頑張ってスカートを穿き続けた。

本当に不思議だ。もしあの恋物語がなかったら、バラアルツで持つことのできる期待は単純で短時間のものだったはず。また、恋愛が長く続けば、きっと恋愛が起きた場所という記憶だけに終わらず、きっと青春の時間と、永遠に二度とやって来ない幸福感が存在したことだろう。ねぇ、バラアルツ、どうして忘れることができるの。決して離れられない気持ちだった。

十月、山を下っていく最後の遊牧民たちを迎えた後、私たちはやっぱりバラアルツを離れることになった。ふぅ。生活とは永遠に一方で手放し、一方で続いていくものなのだ。私はバラアルツの恋を最後まで続けることができなかった。それも構わない、少なくとも私はギアチェンジやディーゼル車とガソリン車のエンジン音の違いを覚えることができたのだ……。

二度と荷台の上に、高く目に見えるよう鉄のスコップが一本高く挿さったあの大きな白いトラックが、くっきりとした月光の下を、嬉しさを携えて私のほうへ向かって走って来ることはないけれど……。

バラアルツの幾晩かのこと

バラアルツの何日かの夜には月があり、その他の何日かは月がない夜だった。これは無駄話ね、どこに行ってもこうだろうから。でもバラアルツで月の出る夜と、月のない夜との差は大きかった。ここのことを知っている人ならその夜の印象は、はっきりと二つに分かれるはずだ。明るくて昼間のようであるか、鉄のように真っ暗な夜であるか、まるでもう一つの昼と夜のようだった。

私はバラアルツの月のことだけ話したいと思う。――バラアルツの月といえば、すぐ思い出すのは……。

……私の体には穴が開き身体中が透き透っている。魚が私の体の中を泳ぎ、水草は気持ちよさそうに葉を伸ばし、どんなものでも、私の体に触れるとそっと沈んでいく……バラアルツの月は世界でもいちばん不思議なもので、その月がまん丸なことと言ったらまったく奇妙なほどだった。こんな荒野の中では他のものはすべて規則もなく、大地の上に勝手に置かれ、線も形も乱れ、だらしないものだった。バラアルツの月はあんなに明るく、世界のどんな光でも、あの月にあたると、きっと「あぁ」とため息を漏らして、ひとりでに月と同じ質の明るさを放つだろう……バラアルツの月……。

私は何度もドアの隙間から外を見た。冷たい風がさっと吹き過ぎ、外の空は闇夜の藍色なのに、目を凝らして見ていると昼間の空の青のように見えてくる。星も銀河もなく……そのとき初めて、かつて感じたことのある夜空の輝きと絢爛《けんらん》さは、拡散していく美しさであり、贅沢にも、次第に失われて行こうとする美しさだったことを知った。また明るい月夜は、凝縮していく美しさであり、どんどんくっきりしていく美しさで、美しさを吸収する美しさであり、さらに「永遠」の美しさだった。世界はあんなにも静かだった。

私がドアの隙間から外を見ると、月の半分しか見えないが、顔を動かすと、またもう半分が見えた。毎晩、私は、裏門のところで寝た。ベッドは、何ケースかのビール箱の上に板を載せ、フェルトを敷いただけのもので、布団にくるまってその上に横になった。昼間はそのフェルトをくるくる巻いて掛け布団の上に載せ、ほこり除けにしていた。バラアルツは土地が高くて平坦で広々とし、非常に乾燥していて、土埃は荒々しくさえあった。

棚のビールが売り切れると、うちのおかあさんは私にベッドの上の板を取りのぞかせ、箱の中から何本かのビールを取り出して棚に並べさせた。私はいつも一箱ずつ順番に取り出した。こうやっても壁側の箱が真っ先にからになった。だから寝るときは、いつも壁のほうに行ってベッドを壊してしまわないようできるだけ気をつけた。私は掛け布団にくるまって直接フェルト毛布の上に寝た。シーツはなかったらから、粗いフェルトは肌にチクチクと当たって冷たくて硬かったが、体は言いようのない暖かさと安逸に包まれた。夜って本当にいい。夜はどんなに寒くて長くても、なぜいつもあんなに気持ちよく安らかなのだろうか。おそらく夜には働かなくてもいいし、あちこち走り回らなくてもいいからかもしれない。

私のベッドは裏門のところにくっついて置かれていたが、ドア板全体に大小さまざまなひび割れの穴があったので、フェルト布が打ちつけてあった。それでも、どうしても塞ぎきれないから、冷たい風がスースー入って来た。夜は眠り続けて、それから寝返りを打ち、ベッドの上にうつむけになりフェルト布をめくって顔を隙間にくっつけて外を見た。そんなときには、いつも月が一つの出口のように、不思議に明るく開け放たれ、世界のすべてがそこから出て行くのを待っているように見えた。

雪が降ることもあった。粉雪はドアの隙間から入り込んで顔に針が刺すように当たってすぐに解けた。私は寝返りを打ってまた眠りについた。このドアの隙間の外、夜空には人を感動させる薄桃色の光が浮かんでいるのを感じながら。

あのとき、ふと目覚めて、ドアの隙間から指を伸ばし入れると……指は私より先に、次の夢の世界に届き、私に行くべきところを示し、私を連れてたくさんの広大なものを通り抜けていった。

一匹の猫が夜な夜なやって来たが、防ぎようがなかった。だって、私たちが借りているこの土間の家はどこにでも隙間があって、猫であれ、ラクダでさえ自由に出入りができた。可笑しなことに、この家は孤立して立っているのに、ドアだけは風さえも通さないほどきっちりと閉まった。毎晩、寝る前にうちのおかあさんは苦労もいとわずドアをぐるぐると綱で縛ってつっかえ棒をした。（というのも大家さんが臨時のドアをつけたとき、鍵をつけてくれなかったのだ。）だから次の朝起きると毎回ドアを苦労して開け店を開けた。それは、夜にやって来る呑兵衛たちがドアの蝶番を蹴破っても、内側はもとのままにしっかりと閉まっているぐらい頼もしいものだった。

猫の話に戻ると、猫はまるで人と同じように呼吸し、人と同じように手を擦り、足を擦り、人と同じように近くから私をじっと見つめた。

私は急いで掛け布団にくるまって猫が潜り込んでくる隙間を与えないようにした。でも結果は、猫はいつもなんとかして入って来て、そのモフモフの、汚いのかきれいなのかわからない毛を私の足にくっつけた。猫は人と同じように体温があって、まったく……イヤだ。それに猫は人と同じように震えるし、人と同じように慎重で、人と同じように頑固だった。私が足で猫を蹴り出しても猫は静かに地面に落ち、黙って起き上がっては、また静かに近づいてきた。私はもう一度目を覚まして、猫のぬくぬくした体を感じたが、布団の中に入って来てどのくらい寝ていたのかわからなかった。猫の体は人のように息をして起伏し、人と同じようにいびきもかいた。

猫って人と同じように死ぬのかな……。

私はぐっすり眠ってしまうと、たまに寝返りを打っても目を覚ましはしなかった。だから夢見心地の間は、猫の好きに任せるしかなかった。いちばん煩わしかったのは、猫は布団の奥のほうで寝るのが好きで、でも奥のほうは空気がかなり薄いから、しばらくすると、猫は目を覚まして私の喉のところまで空気を吸いに這い上がって来るしかなかった。だから夜中、猫は出たり入ったり忙しかった。熟睡していたならいいけれど、熟睡してなければ、すっかり寝る気が失せてしまった。私と猫の外、つまり掛け布団の外は漆黒の闇で、寒気は半端ではなかった。うちのおかあさんたちはどこかに行ってしまったのか、生きているのか死んでいるのかさえ、わからなかった。私はぴんと体をまっすぐにして寝ていた。雪は止んだようで、雪がないとさえ思えた。体は疲れ切っているのに、思考だけが同じところを巡った。寝返りを打つと、暗闇の中で上下左右もまったくわからなくなる。そしてまた眠りにつくと、過ぎ去った昔のいろいろな情景が夢に現れた。

そして猫……猫だ！

猫が夢に出てきたところで突然目が覚めた。

だって、猫を夢に見たところで、急に思い出したのだ。私はこの猫の顔を見たことがないじゃない……猫は毎晩私のところやって来て私と寝ているが、なんとこれまでどんな感じの猫なのかちゃんと見たことがなかった。夜の暗さがそれを隠してしまい、昼は昼で忙しさに紛れて、猫がどこに隠れているかわからなかった。この猫の毛はどんな色なのか、どんな目の色なのか。とっさに起きて、ぱっと目を開けたが、布団の中は空っぽで猫はいなかった。

それからこんな夜も何度かあった。晩御飯がとても遅くなった。うちの人たちは外側の部屋で楽しそうにあれこれ話していた。またあるときは、長いこと黙ったままだった。ロウソクの光が明るく暗く揺れていた。

私はかまどのある部屋で心を込めて晩御飯の準備をしていた。カンテラは、かまどの上で静かに燃えていた。私は何度も小麦粉を捏ねて、均等にコシがあるようにしないと気が済まなかった。長いこと、同じ動作を繰り返しているると、力を入れるたびに捏ねた塊が手のひらの中で等分に分かれるのを感じた。捏ねながら、左のほうを見ると、大きな大きな自分の影が壁の上で踊っていた。また頭を上げて、上のほうを見ると屋根には天井板がなく、梁の上は真っ黒で、上へ落ちていける深淵のようだった。我慢できずにちょっと一休みをし、また下を向いて麺を捏ね続けた。

よく捏ね上げた麺をまな板の上に平らに置いて、線状に切って行く。平均に引き伸ばし、鉛筆大の長さにして、上に油を塗り、大きなお盆の上に、くるくるととぐろを巻かせ、最後にラップをかけて少し寝かせる。こうしてやっとストーブに火をつけ、お湯を沸かして、野菜の煮込みを作った。

切ったばかりの樹皮がついた松の枝は燃えやすかった。火足は薪の先端でメラメラと勢いよく燃え盛り、末端ではジリジリと白い水蒸気と粘り気のある赤い泡が出ていた。こんなふうに、一本の薪は、半分はぼうぼうと燃えて、半分は水が滴るものだ。ときには細くて青い炎が、水の滴るところからほのかに美しく燃え出すこともあった。

私はストーブの前の小さい丸椅子に座り、ずっと薪をくべ、火かき棒で用心深く燃えている薪をストーブの中からかき出し、炎が鍋底に充分あたるようにした。顔はストーブで温められカッカと赤く熱くなった。頭をもたげてストーブの胴体を見ると、赤々と燃える火に慣れていた目が急に暗黒の中に落っこちたような感じがした。部屋は暗く、ストーブの中は明るく燃え盛っていた。もう一つ明るいところはかまどに置かれたカンテラで、その炎は長くて安定していて静かに遠くへ延びていた。カンテラ、ストーブの火、それから部屋の暗さという三つが私の視野の中を相互に占め、互いに反目しあい、足を引っ張り奇妙なバランスを保っていた。

お湯が沸き、打った麺をお盆から一巻き一巻き引っ張り出し、腕に回し、麺用まな板の上にパーンと打ちつけた。私が伸ばした麺は細くて揃って、つるりと鍋の中に滑り込み、鍋は沸き返り、それをカンテラがずっと明るく照らし続けた。三回沸騰すると麺はキラキラ透き通って輝いてコシを増し、ツルンと鍋から出てきた。湯気がもうもうとなった。麺は真っ白で大碗の中で山盛りになった。静かに暗いところに置くと、言うに言われぬ美しさにドキッとするほどだった。

しばらくすると具もでき上がり、それを大碗にかけ、よく混ぜて一皿、一皿に盛った。全員が食べながら、私の腕を褒めてくれた。もちろん、腕がいいに決まってるでしょう！　毎回の食事のたびに美味しいと褒めてくれるけれど、これは百回聞いても聞き飽きないな。


私たちはカウンターを取り巻いてご飯を食べた。一人ひとりが大きなお皿を持って、食べながらいろいろなことをしゃべった。ずいぶん暗くなってから、空のお皿をやっと手から離したが、誰も鍋を洗ったり、お茶碗や箸を片付けたりしようとはしない。あまりにも暗いし、あまりにも冷たいから、みんな翌日の朝ご飯のときに一緒に洗えばいいと言った。（だから朝ご飯を作る人は運が悪いことになった。）

お茶碗は洗わないことにしたが、だからといって誰もすぐ立って寝ようとしなかった。次第に話題はなくなりロウソクもどんどん短かくなった。

そのとき、ドアを叩く音が聞こえてきたので、誰かがすぐ席を立って、ドアを開けに行った。入って来た人が最初にやることは、手綱を繋ぐところを探すことだった。私たちの家の外はまったく何もなくて、どこにも馬を繋ぐところがなかったので、その人は、手に長い手綱を持ったままそこに立っていた。ぐるりと辺りを見回してから、手綱をドアのそばにあった小さい椅子に結わえ、そして振り向いたので、私たちは彼の様子がはっきり見えた。

馬は外で長い綱に繋がれて立ったままで、永遠に自分がどんな物に繋がれているか知ることはなかった。だから永遠に逃げ出すこともない。私は何度もこの小さい椅子を持ち上げて馬に見せてやろうかと思った。

この人は私たち一人ひとりに挨拶をして、それから角砂糖を一袋買い、一元の割れビスケットと二個のリンゴを買った。彼は角砂糖とビスケットを別々にオーバーの左右両側のポケットに入れ、リンゴは大事そうに懐に入れ、ロウソクに近寄り、私たちに話しかけてきた。

「バラアルツってあまり人が多くないでしょう。ここで何してるの？　なんでここに来たの？」

彼はユーモアがあって気さくな人だった。私たちはしばらく話して、彼がイスラム教の聖職者だということがやっとわかった。まったく好奇心が湧いてしまう。聖職者もビスケットを食べたり、店に買い物に来たり、ときには暇つぶしをして過ごすのね。

この年配の聖職者は、とても面白い人だった。彼は私たちにいろいろなバラアルツの昔のことを語って聞かせてくれた。私たちは彼が好きになった。また彼に来てもらいたいと思った。彼が出て行こうとしたとき、私たちは何個かの丸い風船ガムをつかんで娘さんにあげてと彼に言った。彼の娘はまだ六歳だった。

バラアルツでは、夜は、トイレに行くのにいちばんいい時間だった。だってバラアルツにはトイレがないのだから。トイレがないだけでなく、トイレにいい場所さえなかった。どこもかしこも開けっぴろげな場所だけで、人を隠してくれるところがなかった。川辺には背の低い木があったが、当時、川原には蛇がたくさんいたし、どうしても安全なところを見つけたいなら、二時間かけて、村の裏の禿山を越えて行って山の向こうでしゃがむしかなかった。

でも夜は様子が一変した。夜になれば、草の茂み、崩れかけた壁、手のひらほどの陰になる物さえあれば、人を隠すことができた。たとえ見つかったとしても、真っ暗闇でそれが誰かはわかりっこないし、見た人を驚かすことだってできる。その夜以後、夜外出しても怖くてやたらにのぞいて回ることができなくなるんだから。

ただ残念なことにこの原理を知っているのは私だけではなかった。だから、夜は村中の人が用をたす時間となり、あちこちで人が隠れてしゃがんでいるから、そこに行けばそこで咳払いが聞こえ、あっちで驚きこっちでびっくりするのは私のほうだった。

これ以外は、バラアルツの夜は本当に静かで美しかった。

ある晩、私たちは手をつないで出かけた。すると土道の遠くのほうで懐中電灯の灯がゆらゆら揺れていた。私たちは急いでその灯のほうへついて行き、路盤を登り、その人の懐中電灯の灯を頼りに真っ暗な中をつかず離れず歩いて行った。

夜は更けていった。でも私たちは村外れのトルソンクリ家まで行かねばならず、懐中電灯を下げた人にくっついて随分長いこと歩いた。左のほうから道が分岐したとき、私たちは用心しながら路盤を降りた。前を行くその人も立ち止まって振り向いて懐中電灯で遠く私たちのために道を指し示してくれた。私たちは何度もお礼を言った。彼は私たちがトルソンクリの庭にたどり着くまで懐中電灯をしまわず、そして真っ暗な道を上下しながら歩いて行った。

トルソンクリの家の窓からは煌々と灯が漏れていた。人影が揺れて、ドンブラや歌を歌う男性の声が聞こえてきた。私たちがドアを何度かノックし、押して中に入ると、熱気が伝わってきた。大きな座卓に座っている人たちが次々と立って私たちに席を譲ってくれ、私たちは急いでお礼を言った。このとき、女主人がお碗を並べ、それぞれのお碗に牛乳と、そして煮えたぎった紅茶を注ぎ入れ、誰かが私のお碗に大きなバターの塊を入れてくれた。

集まったお客たちは造林場の管理員とトルソンクリの家の隣の人たちだった。床に置かれた長くて背の低いテーブルには揚げ物やチーズがたくさん乗っていた。明るいカンテラが臙脂《えんじ》色の天井板に吊るされ時々ゆらゆら揺れた。私たちはドンブラをもう一度弾いてと頼んだ。ドンブラを弾く人は、いささか酔っていて顔は赤くテラテラ光っていた。その音は鳴ったり止まったり、伸びやかに響いたり、渋ったり、彼らの間で回し演奏され、お酒は一杯又一杯と飲み干されていった。私たちは、家の主と部屋の隅っこで小さな声で話をしていたが、しばらく話した後、彼は子どもにトランプを取ってこさせた。

するとドンブラが急に激しく鋭く鳴り始め、何人かの男たちの合唱が始まった。そしてすぐに、うちのおかあさんもそこに仲間入りした。彼らは「大海の航行は舵手を頼りに……。」と歌っていたが、まったく……驚くほど上手だった。

話によると、三十数年以上前、すべてのカザフの遊牧民たちはこの革命歌を教え込まれたのだそうだ。あの年代にやって来たカザフ族の中国語に対する最初の認識はこの歌に始まるのじゃないかしら。

昔この村は南京からやって来た知識青年たちが開墾したということを思い出した。彼らは、この荒れた山の中に家を建て、眼下に広がる田んぼを開墾したのだ。だが何年も働いてきたのに、二十年前のある日、突然全員がここを出て行き一人も残らなかったそうだ。その後、この捨てられた村にカザフの遊牧民がやって来て定住し、彼らもまたジャガイモや麦を植えることを覚えたのだった。

村の屋並みはほぼそのときに建てられて残ったもので、とても古い。でも古いからこそ、この静謐に似合っている。瓦一つ、レンガ一つ、梁や柱一つとっても、時間という川の流れの中で少しずつ洗われて摩滅し、そこに何が現れようとも衝突し合うことがない。(どこにでも見られる他の村みたいに、時代のつぎはぎだらけで、唐突で、ぎこちないあんな感じではないのだ。)それは運命がこの村に生んだもので、鋭利な、収まることを知らない欲望から生まれたものではない。

村の中央の供銷社は、もとは倶楽部で、あの時代の流行りのロシア風建築物だった。すべて土レンガで作られ、一層一層がしっかりと厚い壁土で塗り固められていて、万一倒れても一層一層一緒にきれいに倒れるだろう。壁には、もともと塗られていた赤味がかった黄色の塗料もまだらに残っていた。でもこういう大きな建物にはやはり整った立派なアーチ型の屋根があり、美しくて丈夫な階段や手すり、出窓やアルコーブがあった。壁には看板がかかっていてあの年代のスローガンがはっきりと力強く残っていた。これまでそれを消そうと考えた人はいないようだ。

トルソンクリの家は本当に熱かったが、それでも女主人はひっきりなしにストーブに石炭をくべた。こっそりドアを押して表へ出ると、庭は真っ暗で、遮るものさえない漆黒の闇で、さ迷い込んだ人はいっぺんに光を放ちそうなほどの暗闇だった……そして私の背後にある部屋の光は芳醇で混沌としていた。

四方を見渡し、遠くの塀を越えて、視線をさらに遠くの暗闇に向けても、光りを放つものはまったくなかった。ただ頭上に広がる星空と横たわる銀河だけだった。

私は、さっき懐中電灯で私たちの行く手を照らしてくれたあの人のことを思った。彼は一体どこへ向かって行ったのだろうか。

そして、もっと多くの夜は、私たちはカンテラの下に集まって、小さな声で本当にいろいろな昔のことを話したり、静かに碁を打ったりした。誰か一人が突然何かが聞こえたと「シーっ」と言うと、みんなが耳をそばだてた。車のエンジン音が遠くから聞こえてきて……そして近づきまた遠ざかり次第に消えて行った。

バラアルツでは夜は言い表せないほど長かった。夜の長さが翌日の昼間に続いているようだった。昼間も、あのバラアルツの夜特有の静けさに満ちていた。また昼間は完全に陽光の下に晒されてしまうので、夜に比べてもっと防備が必要だったし、もっと急いで、もっと努力して自分を隠さなければならなかった。昼間に真っ暗な部屋の中から外に出ると、いつも一瞬目を細めてからでないと世界ははっきりと見えなかった。

もっと辺鄙なところに住む中国人一家

昔々、ここは人の住むところではなかった。ここは、山深く、切り立っていて、冬はただただ長かった。しかし、山の気候のおかげで湿気があり、積もった雪が溶けて川になり、川があれば木が生えるから命を育む基本が備わっていた。その後、開墾が進み、東と西を結ぶ道が作られた。でも、東と西の間は多くはゴビ砂漠で、ラクダのキャラバンは行ったっきり、道端に倒れ伏した。人には水がなく、家畜には食べる草もなかった。

その後、戦争か何かのせいで人が来て、この緑の回廊に定住するようになり、次第にこの環境に馴染んでいった。そして部落の規模がふくれ上がり危険なところまで来ると災難も勃発するようになり、死体が至るところに転がった。そこでまたここから大移動が始まり、山林の間にはまた人っ子一人いなくなり、草木が道を覆い、獣は夜、家の庭に住み着くようになった。

そしてまた、どのくらい月日が流れたかわからないが、また次第に人が様子を見に来るようになり、羊の群れも夏には少しずつやって来るようになり、ゆっくりと最も美味しい青草を咀嚼し、一頭たりとも、群れから離れようとしなかった。秋の終わりに初雪が降ってくる前に羊たちは静かに首を垂れ移動して行った。こんな情景が何年続いたかわからない。どんな畏敬と制約がこの不思議なバランスを保ってきたのかもわからない。ここでは、人は主人公ではなく、その小さな一部分にしか過ぎなかった。

最近の騒ぎと変化というなら半世紀前、その日、一群の若者たちが長い旅をしてここにやって来た。そしてこの場所へと通じる道路を建設し、川を堰き止めて水力発電所を作り、風変りで豪華な家を建て始めた——広くて丈夫で機能が豊富な家を。そういう家には、ポーチがあり、通気性のよい床板、格子天井、煙突の上には美しい「人」の字形の雪覆いが付けられ、ストーブの下には斜めに掘られた穴があって、一週間分の石炭の灰を入れておくことができた。

こういう家は百年でも壊れることはない。しかし、彼らはたった十年住んだだけでここを出て行ってしまったのだ。

彼らが残したものはこれらの美しい空き家だけでなく、数年耕した土地もあった。二十年後、大地には水路の輪郭と、放置された水力発電所、地震で倒壊したダム、湖水を集めて放水した牧草地だけが残った。そこには無数の川の流れが束になって集まり、また分散し、水の流れた跡が、木々が生い茂った跡となり、何度も塗り替えられていた。

そしてまた遊牧民が千里も綿々と続く南北移動の道を移動して来て、ここで定住し、村落を形成したのだ。彼らはあの家々に住み着き、農業を学び始めた。春には種をまき、秋にはわずかばかりの米や麦、ジャガイモ、えんどう豆、ウマゴヤシや玉ねぎを収穫した。

私たちは遥々バラアルッに苦労してやって来きた。最初はあまり大きな期待もしていなかった。広々とした高速道路は、数え切れないほどの山崩れで断たれていた。昔の電信柱も黒のアスファルトが塗られ、空っぽの村に立っていた。当時、美しかった家々もすでに古ぼけていたが、依然として堂々と立派だった。オレンジがかった灰色の壁の上には昔の標語がまだらに残り、一文字一文字の間に、そのスローガンを書いた人の、そのときの意気込みが込められているのがわかる。それに引きかえ、その側に新しく作られた前庭などはかえって安っぽく見えた。赤ちゃんを抱いたきれいなおかあさんが土壁の庭の門に寄りかかって、こちらを見ていた。唯一の商店の戸口には二人の酔っ払いが午後の間中、酒を飲んで、やや酔いが覚めた顔で黙って見つめ合っていた。そのたった一つの店の中には、商品も数えるほどしかなく、店主は年を取ってよぼよぼだった。

ここは今、建て直しの最中だった。この再建は補修と同じで、何度もつぎはぎを一つひとつ隠して、幾重にも硬くて古い中身をくるんでいた。

初めのうちは、この辺りには、おそらく漢民族はうちの家族だけだろうと思っていたが、間もなく、三十キロ以上奥地へ入った村にもう一軒中国人一家がいて、河南省から来た人たちで、しかもすでに三十〜四十年もそこで暮らしているということだった。

つまり、「文革」のときに、そこに逃げて来て、世間と隔絶し、自由な生活をしてきたらしい。また聞くところによると、うちのおかあさんはなんとそこの家のお嫁さんを知っているのだそうだ。以前、町で露天商をやっていたそうで、初めはその人が山奥の村にお嫁に行ったとだけ聞いていたが、なんとその村にいたのだ。

その村に近い場所から最近ラーセナイトの鉱山が見つかり、たくさんのトラックがバラアルツを通って鉱山から鉱石を運んでいた。ある日、私たちは道端で車をヒッチハイクし、その漢族の家まで乗せて行ってくれないかと頼んだ。うちのおかあさんは、もしそこがここより人が多くて商売繁盛しそうなら、あっさりバラアルツを離れてそこへ行こうと考えていたようだ。バラアルツは人があまりにも少なかった。

行ってみた結果、その漢民族一家は店をやっていて、その店はあの辺りでは一軒だけだということがわかった。だからその家のおばあさんが本当のことを言うわけがない。一生懸命大変だよと訴え、商売は本当にやっていけないよ、もう後、二年もしたら本当にやめるつもりだ、でもね、やめて町へ行っても一体何ができるっていうの……うんぬん。しかも私たちに早く家に帰ったほうがいいよ、暗くなると道がわかりにくくなるし、この一帯には狼もたくさんいるからね、と言った。

おばあさんの店の商品はうちより、どのくらい多いかわからないが、ほとんどが二十年前から積まれたもので、驚いたことにスリムのジーンズまであって、（えっ、最近はまた流行するようになってる。）それから八十年代に流行った柄のシャツがあった。食品は見たところ、現代のものだが、でも賞味期限をよくよく見ると……。

店の中の灯りは暗く、店全体の商品は少しも動きがなく、まるで古い写真の中にはめ込まれたもののようだった。店の主はどんなときもニコニコしている太ったおばあさんで、キリスト教信者だったから、平均して二言目には「主に感謝します。」と付け加えた。

おかあさんは店に残っておばあさんにつきあっておしゃべりをしていたが、私は一人外に出てあちこち見て回った。

村では、うさぎがあちこちで顔を出してはまた巣にもぐり、道端のウマゴヤシとえんどう豆の畑（いずれも家畜の飼料）が一面一面連なっていた。私はうさぎを捕まえようとしたが、捕まるもんですか。しようがなくて、ちょっと柔かいウマゴヤシとえんどう豆を盗んで襟元に隠し、家に帰ってから麺にでも入れようと思った。

うさぎたちはみんな真っ白か真っ黒で一目で家うさぎだということがわかった。誰が飼っているのかわからなかったが、こんなに大群で放牧していて怖くないのだろうかと思った。

舗装していない道路は狭くて凹凸があり、夕方の時間は明るく清らかだった。バラアルツとは異なり、この村は山の近くにあり、山は私たちのところのような大きな土山ではなく、なだらかに続く石のハゲ山だった。山は雪のように白くて大きな石で、その表面にはたくさん穴があり、穴の形は丸く柔らかな線でさまざまな不思議な形をしていた。これは億万年かにわたる氷河の侵蝕によるもので、水の流れが削り取って行った結果だ。

山の麓には広くて浅い小川があり、その水は清らかでまるで空気の流れのようだった。川底の水の流れるところには水草が青々と茂っていた。太陽は間もなく沈もうとし、残光が東側の山の上半分を照らしていた。小川の水は冷たく静かで、村は誰もいないかのようだった。子どもたちがときどき、小道の上を追っかけ合って過ぎて行ったが、あの暮れがけの景色は記憶の中の一シーンみたいだった。

私は川の真ん中の飛び石を踏んで川を渡り、それから山を登り始めた。大きな石の山とはいえ、窪みにたまった泥の中に生命力の強い植物が生えていた。ある場所にはコブのように這って伸びた松が生えていた。碧緑色の松が真っ白な山の上に生え、黄昏の中で、美しさは作り物かと思うほどだった。

小道の脇には洞窟がいくつもあったが、私は入ることはもちろん、洞窟の入り口から中をのぞく勇気さえなかった。洞窟に一歩足を踏み入れると、入り口は瞬く間に固く閉ざされ、すべての出口が閉まり、山全体が光沢を持って平らになり、穴なんかなかったことになってしまいそうだった。

上へ向かって行くと、次第に日の光が当たるところへ出た。日の光の中に立って下をのぞくと、谷底に暗くて涼しげな場所が見えた。すでに遅い時間だったが、人家の煙さえ見えなかった。一望すると、あの河南人の店がもっとも目を引いた。なぜなら家の外壁が白い石灰で塗られていたからで、それと反対に他の家はすべて泥土色だった。

二〜三頭の牛がゆっくりと家へ帰る途中で、牛追いの年取ったおばさんも手に長い柳の枝を持ってトボトボとその後ろをついて歩いていた。おばさんは黒いセーターとオレンジ色の長いスカートを穿いていた。

もし、ここでずっと生活をするとしたら、もしすでにここで二十年以上生活していたとしたら、もし一度もここを離れたことがなかったとしたら……さまざまな「もし」をしばらく考えてみたけれど、もしそうだったら私はどんな生活をしていたか想像できなかった。一つだけ確実なのは、そのとき私は、山のすべての石の洞窟のことをきっとどれもよく知っていて、おそらく少しも怖くないだろうということ。

店に戻ると、河南人のおばあさんとうちのおかあさんは、話も佳境に入っていて、楽しそうに、「奶奶个腿（くたばりぞこない）、もう二年もしたら店なんてやれなくなるさ。何がいい場所さ。とっくの昔に電気を通すって言いながら、二十年経っても、影も形もありゃせん。何を根拠にこの場所がいいって……。」と。

うちのおかあさんは聞いた。「おじいさんは？」

おばあさんはまた嬉しそうに、「楊じいさんのことかい。神がお召しになったんだよ。もう何年にもなるのよ……主に感謝します。」と答えた。

そうこう話をしていると、若者が懐中電灯を買いに来た。おばあさんは河南なまりのカザフ語で若者とテキパキ値段の交渉をし、家の様子まで聞き出し、どうりであの娘があんたんとこへ嫁に行かんわけだねぇ、こんなにケチじゃねぇ……などと言って、若者をうちまかし、とうとうもともとの値段で売り付けて追い返した。

その後、またおじいさんが一人、ツケを払いにやって来た。おばあさんは私たちの目の前でさんざんそのおじいさんを褒めて、村はずれのじいさんはツケを踏み倒したままの呑兵衛でねぇと罵り、あんな鬼は地獄に落ちるがいいさといった。最後にはツケを返しに来たおじいさんに果物キャンデーをひとつかみ渡して、「信用って大切だよねぇ。」と褒めた。おじいさんは何度もお礼を言ったが、おばあさんは、「あたしにお礼を言ってもダメだよ……主に感謝しなきゃ。」と付け加えるのを忘れなかった。

帰り道、私たちは歩いては休み、時々振り返ってみたが長いこと一台の車も通りかからなかった。確かに、もう夜は更けていたから、もし車に乗れないようだったら……そして、またあのおばあさんのこの辺りには狼が多いという話を思い出し……ああ、主はあのばあさんと共に在りか、ついでに私たちをお守りくださいと祈った。

日が山の向こうに沈んでから一時間ほど経った頃、空の色はどんどん暗さを増し、振り返ってみると、あの寂しげな村にもついにいくつかの弱々しい灯がともり始めた。道の両側は有刺鉄線で囲われ、鉄線の両側は高く茂った牧草と麦畑だった。私たちはまるで深い大地の切通しのような道を歩いていた。見上げると夏の最も代表的ないくつかの星座がすでにはっきりと夜空に浮かんでいた。でも、本当の漆黒の夜はまだ訪れず、銀河もまだ現れていなかった。

うちのおかあさんは夜盲症だったから、歩くのもおっかなびっくりで、最後にはこらえきれずにブツブツ言い出した。

「奶奶个腿（くたばりぞこない）。河南人ってまったくたいしたもんだ。こんな荒れた土地でさえやっていけるのだから……まったく、主に感謝！　のおかげだよ。」

サイホンブラックで

子どもたち

ある若いおかあさんが鼻垂れ小僧を連れてうちの店へやって来て、玩具《おもちゃ》を買いたいと言ったので、私たちはとてもびっくりした。山の中に長くいると、この世に「玩具」なんてものがあることをすっかり忘れてしまっていた。そう、山の子どもたちってどうやって大きくなるのかな。それぞれの子どもの子ども時代ってまるで一つの秘密みたいだ。

お客さんたちから見ると、うちの店は完璧で、何から何まで揃っていて、油でも、小麦粉でも、お酒、お茶の葉、塩に、キャンデー、洋服にズボン、靴、ソーダや「ワハハ飲料会社」の飲み物、電池、鉄製の煙突、それに靴修理用の麻糸、巻きタバコの葉、タバコの葉を巻くための新聞紙だって売っている。しかも時には貴重な野菜や果物まであるのだ……でも、玩具だけは置いてなかった。

この辺の子どもの玩具といえば普通はお酒の空き瓶だった。空き瓶ってとっても面白い。水を入れることもできるし、しかも水を入れてからまた水をこぼすことだってできる。

もっと多くの子どもたちはなんにも持たずにあちこち走り回って遊んだ。

それから森に入って薪を拾って遊ぶ子どもたちもいたし、羊を放牧して遊ぶ子、水を運びながら遊ぶ子もいた。つまり、私から見ると子どもたちの遊びと労働は特に区別がなさそうだった。どちらにしてもなんとも楽しそうだったのだ。

私は、うちの店の限られた商品を一通り見回して、またおかあさんとしばらく相談し、そして、この玩具を買いに来た若いおかあさんに、花に水をやるジョウロはどうかと勧めた。彼女は、しようがなくジョウロを買って帰った。

こうして、私たちは毎日この若いおかあさんの子どもがジョウロをしっかりと抱いて、自分ちのパオの入り口のところの草むらに一生懸命水を撒いている姿を見かけるようになった。この子はジョウロにいっぱい水を撒き終わるとまたちょこちょこと川まで行って、水をジョウロいっぱいに満たし、そろそろと家まで運んで来て、飽きずに面白そうに水を撒いた。

考えてみれば、うちの店でジョウロを売ったのだ。こんな山奥の林の中でジョウロが売れたなんて！　私たちがジョウロを仕入れたとき、何を考えていたのか思い出せないけれど、ジョウロも山奥に来れば、確かに玩具のようなものになってしまうのだ。

私たちのいるこのテント地域には小さい子どもたちがたくさんいた。しかも大人たちは、子どもをからかうのが好きで、子どもが泣き出すまでからかうのをやめない人も多かった。そのため、一日中家の中にいても泣き声や叫び声や金切り声が聞こえてきた。でもしばらくして出て行ってみると静かで何も変わったことはない。パオとパオの間もひっそりとしていて、二人の少しみすぼらしい子どもが草の上に座り、熱心に一本の長い木の棒に釣り糸をくくりつけていた。

ここの子どもたちは魚釣りがみんな好きでしかもとても上手だった。出かけて行き、まだあまり経たないうちに連なって戻って来て、一人ひとりが串ざしの魚を提げて来て、高値で私たちに売りつけた。

なぜか私とうちのおかあさんは魚釣りが下手だった。我が家の釣竿は正規のもので何段階かに短くもでき、釣り糸も玄人の業務用の糸で、毛糸や、布から糸を抜いて何本かを撚ったものではなかった。しかも釣針も本物の釣針で、押しピンの針を曲げて作ったものではなかった。またうちの魚のエサもなかなかのもので、魚どころか私たちだって喜んで食べるようなものだ。それなのに、今まで一度も釣れたためしがなかった……。

私たちが釣りに行くと、ずいぶん待ってもなんら動きもないのに、下流のほうからは子どもたちの歓声が上がり、しばらくするとまた歓声が伝わってきた。

だから私たちは慌てて釣竿を収めて、子どもたちが獲物を捕ったところへ行ってもう一度釣り糸を垂れたが、やっぱりしばらく待ってもなんにも起こらない。このとき、私たちが移動したばかりの上流から、またもや歓声が伝わってくるのだった。

私はせっかちだから、何度かやってみて、もう嫌になってしまった。でもうちのおかあさんは永遠に打たれ強くて、いつまでも元気で、次から次へと場所を移動しては、どんどん遠くへ行ってしまい、辺りが真っ暗になってやっと家に戻って来た。家に入って来ると、待ちきれないように、私たちになぜ釣れなかったかその原因を一つひとつ説明し始め、説明し終わると決まって、「もう少しのところでエサに食いつきそうなのが一匹いたんだけど、そのとき、ちょうど……。」と言うのだった。

魚を売る以外に、ここの子たちはしょっちゅううちに牛乳やヨーグルトを売りに来た。彼らは桶を提げて、（その桶は、提げて来た子が完全にすっぽりと入ってしまうくらいの大きさなのに、中には多くても十センチ程度の牛乳が入っているだけだった。）ご苦労さんにも山の谷川を抜けて、まっすぐうちのテントにやって来るのだった。

私たちは牛乳を分けてもらい、一元を取り出して子どもにあげたが、その子は帰ろうとしなかった。あと五角余計にあげても、やっぱり帰ろうとしない。私が怒ると、子どもは泣き出した。しようがなくまた五角あげるのだが、やっぱり帰ろうとしない。最後にぺろぺろキャンデー一個か、一握りのひまわりの種をあげると、やっと立ち上がった。

こんなことが何度も起きると、私たちは、もうお金はあげたくなくなり、子どもたちに自分で棚から二元の値段のおやつか何かを取って来させることにした。でも彼らは嫌がって、絶対現金じゃなきゃダメだと言った。そして二元の現金を渡すと、安心して、棚のものを指さして、あれが欲しい、これじゃないと、ちょうど二元分使い切ってしまうまで続けた。ある子どもは牛乳を売り終わってもも決してお金は使わず、お金を握ったままカウンターにもたれかかってしばらく観察してから、棚にあるほとんどすべての商品の値段を一通り聞いた。靴の釘とか重曹粉の値段まで。聞き終わるとそこで静かにああでもないこうでもないと考えて、そして最後に静かに出て行き、別の雑貨店に走って行って、これ以上ないほどの長い時間をかけて、逐一比べ、用心深く考え直し、何度も取捨選択し、最後にまた静かにうちの店に戻って来て、最後の値段比べをし……最後の最後に、やっぱりお金を固く手に握ったまま出て行った。あのお金は、最終的に何に使ったのだろう。

いちばん面白い情景は、子どもたちが一緒になってやる薪拾いだ。一人が一台の手押し車を押す。手押し車、つまりあんな年齢の子どもたちを喜ばせることにしか使えない道具だ。基本的な構造は二本の木を交差させ、なんとかコロコロ動く丸いものの上にくくりつけただけで、だいたい二十メートルも押して行くと丸い車が取れてしまう。

この子たちは汗水たらして働き、汗水たらして車の修理をするのだ。みんな汗びっしょりかいて疲れているが、まるで働くことに魅せられているみたいだった。

この子たちの両親は頭がいい。子どもたちにこんなことをやらせるってとてもいいと思う。子どもが何もすることもなく一日中泣いているなんてことがない。

彼らは友だちの名前を呼びながら、森とテント地域の間を休みなく走り回っていた。そして突如、みんなでドドッとやって来たかと思うと、またドッと去って行く。たまにはケンカをして、草の上をゴロゴロ転がっているが、ケンカが終わるとまた仕事を続ける。

彼らが一日がかりで拾う薪は、晩ご飯を作るのに十分足りる量だ。もし足りなかったら、親たちは、あの手押し車もさっとストーブにくべて燃やした。

しばらくして私は、銀緑色の、きれいで、「つやっぽい」とさえ言ってもいいような目をした子ども、クーランと知り合った。それまで、子どもの目も「つやっぽい」なんて形容できるとは思いもしなかった。彼女の目の形は細長く、目尻はつり上がって、まつ毛は非常に長く、濃密で、まるでお転婆な菊の花の花弁みたいだった。

こんな目をのぞくと、中にはガラスのカケラで満ちた池のようで、またよく見るとすべてがダイヤモンドの粒みたいで、透き通った部分と、キラキラ光る部分とが交差し、深く浅く揺れる緑色が銀色に輝いていた……この子の美しい目に見つめられると一瞬クラっとしてしまいそうだった。

でも、残念なことに、子どもは子ども。目や歯以外は、小さい顔中、泥だらけだった。小さくて汚れた手は爪だけが透明できれいだが、爪の間には泥がたまって、十個の真っ黒な孤を描いていた。

もともとクーランはフサフサした金髪で、しかも自然とカールしていて、彼女の緑色の目によく映えて、全体としてまるで西洋人形のように珍しかった。でも……その後、お父さんにスカートを買ってとねだって、（もちろん、うちのおかあさんは横から、この辺じゃうちしか子どものスカートは売ってませんよと、強力に薦めた。）毎日彼女はおとうさんに、「暑い、暑い、暑い」と婉曲的にせがんだのだが、すると、おとうさんはそれを真に受けて、なんとさっさとクーランの頭を坊主頭にしてしまったのだ。こうなっては、この子も二度と暑いとは叫ばなくなったし、新しいスカートをねだることもなくなった。またもや真っ黒けの子どもたちの群れの中に入って、手には棒を持ち勇敢に犬を追っかけ、この辺りの牧草地にいる犬たちは全部追っ払われ、一匹たりとも私たちのこのテント地域に近寄らなくなった。

他の子どもたちと一つだけ違うのはクーランの家は遊牧民ではなく、定住のカザフ族の農民だということだ。定住してもう何年にもなるが、それでも夏になれば、一家は今でもわずかな家畜も引き連れて、涼しい夏の牧場に行ってしばらく暮らしていた。避暑をするのは、私が知っている多くの定住カザフ族家庭の習慣だ。都市部に住んでいる人たちもそうで、親戚に牧畜業をやっている人がいて、条件が許すなら必ず、夏になると子どもたちを連れて山へ行き夏休みを過ごした。都市部に住む老人たちも夏の爽やかなキラキラした日々のいちばんの楽しみは、また夏の牧場でしばらく生活することだ。

だから中でも、前に夏牧場の山がある村々では、夏が来ると、殆どが空き家になり、家々はしっかりと鍵をかけて、牛や羊の囲いの中も空っぽになる。村全体でたった数人の男たちだけが残って、どこまでも続く田畑や、用水の番をした。

長い時間、守り継がれた伝統的な生活と労働様式も、このわずか数十年の間に変化を遂げ、このあと直面するのはもっと長く続く困難な過渡期だろう。具体的な生活から精神世界の隅々に至るまで慣れていくには、ゆっくりとした納得のための時間が必要だ。これはおそらく単に自然に対する生まれつきの愛情にだけ由来するわけではないだろう。

クーランの家はこの牧草地に小さな食用油の小売店を開いた。それと家畜用の粗塩を売り、羊毛の買取などをしていた。彼女の家のパオとテントは川辺に建てられ、それはこのテント地域のいちばん西側の家だった。一方うちは、その反対側にあった。毎朝、川辺に水を汲みに行くとき、彼女の家の前を通り過ぎることが何回かあったというぐらいだ。彼女のおかあさんは、いつも戸口のところに立っていて、甲高い声で私に何度も何度も挨拶してくれた。私も水汲みのバケツを地面に置いて、彼女のおしゃべりにつきあった。でもクーランは反対にまったく人と話をせず、何を聞いても、ただ笑うだけだった。笑い方も生真面目に、あっさりしていて、しかも「くっくっく」、「あっはは」などと声を出した。まったく羨ましかった。私たちなら普通本当に可笑しいことを目にしたときじゃないとこんなふうに笑えない。

彼女のおかあさんは、頭がよくて明るくて、身なりもきちんとしていた。この夏も彼女はうちの店でスカートを二着作った。うちの店には二種類の色柄の布しかなかったので、とても残念そうに三着目を作るのを諦めた。

でもある日、彼女は自分で布を持ってきた。つまりあの南疆産のアトラスシルクだ。でも品質がもっとも悪いもので見たところ艶やかで、まだら模様も手が混んでいたが、実は編みの粗い不良品だった。どんな仕立て屋だってこういう布を受け取るのは苦痛だろう。ミシンの上で細かい彫刻でもするように慎重に縫わなくてはならないし、動きにちょっとでも力がかかると、布は指の穴ができてしまう……仕方なく針を使って手で縫うしかなかった。スカートができ上がっても、アイロンがけもこわごわで、アイロンを軽く当てるとするりと逃げ、布の横糸に沿って長い引きつれができた。

こんな洋服はできたといっても、着ることができない。どんなに大きな動作をしないようにしても、ただ一回きり着られるだけで一度洗えばただの糸の塊になってしまうだけだ。

でき上がって、まだ布が少し残っていたのでクーランのおかあさんに返した。なんと、彼女はちょっと考えて「うちの子にも一つ作ってよ。布が足りない?」と言った。

私とうちのおかあさんは、目を見合わせた……でもクーランのおかあさんもクーランを拒否できないのと同じくらい拒否できそうになかった。

そこで、またもやミシンにかじりつきずいぶん苦労して、一着の小さい半袖の上着を作り上げた。

このあと、毎日クーランが色とりどりの輝きを放って草地の上を走り回る姿を見かけるようになった。同じ生地の服をクーランのおかあさんは、とっくに着ることを諦めたが、クーランは諦めることなく着続け、むしろ得意げに着続けた。クーランは遠くから私たちに向かって叫びながら近くまで走って来て、私たちに上着にできた穴が昨日より八個も多いと言って見せた。

クーランのお姉ちゃん（もしかしたらお姉ちゃんじゃなくて、ちょっと年上の友だちかもしれない）のアーイトンは電子オルガンを弾くことができた。実はうちの近くのすべての子どもたちが電子オルガンを弾くことができたのだ。かれらは生まれつき音楽や音階の高い低いの微妙な変化に異常なほど敏感だった。今聴いたばかりの曲を、そのままオルガンの上で叩き出せたし、そのあと決まって大人たちから、「そんな泥だらけの手でオルガンを触るなんて！」と叱られた。

でもアーイトンは違っていて、彼女は物静かでさっぱりした顔つきで、すべての子どもの中で、いちばん年上ですでに中学生だった。大人たちはみんな彼女が好きで、彼女の名前を呼ぶとき、みんな心を込めて、「アーイトン、いる？」と叫んだ。

アーイトンはきびきびとよく働き、物分りもよく、家庭内の大小様々な家事を一人でやってのけた。彼女が麺を捏ねるさまも堂に入ったもので、巨大な麺打ち鉢の前に立つと、小さな体中に力が満ち溢れ、捏ねる度に体が一度膨らんで、体を伸ばすと肩の辺りからはっきりと「力」のようなものがにじみ出てきて、後ろから見ていると、彼女の様子はどこかの家庭の主婦とも変わらなかった。

子どもたちもみんな彼女が好きだった。そして彼女の言うことをよく聞いた。しばしば子どもたちが彼女を囲んで彼女が何か話すのを楽しそうに聞いていた。たぶんお話を聞かせているのだろう。

みんなが緑の草の茂る土手に座っていると、まるで花が群がって咲き誇っているかのように見えた。遠くからただ眺めるだけで見とれてしまうような穏やかな情景で、彼らの話す話題の中身を知りたくなった。

またみんなは何かを拾うと、先を争って彼女に見せようとした。たとえば鉄砲の形をした石ころとか、きれいな注射の薬瓶とか、変わった形の機械の部品とか。

アーイトンはとても真面目にそれを見ては、それから優しく辛抱強く一つひとつにコメントをするので、コメントをもらった子どもはとっても嬉しそうで、とても得意気だった。アーイトンが何か言うと、その価値は二倍になるようだった。

私はアーイトンに、彼らにどんなことを話したのと聞いても、彼女は何も答えようとせず、ただ恥ずかしそうに微笑んでいるだけだった。

そうそう、話そうと思ったのは、アーイトンが電子オルガンを弾くということ。

いつも長い黄昏どきに、たとえば北京時間の夜の十一時であっても、空の色はまだ十分明るく、なかなか暗くならなかった。※晩ご飯を食べてもうなんにもすることがなくなり、とはいえまだ眠くないというようなとき、オルガンの音が聞こえてきた。

電子オルガンは川向こうでレストランを営んでいるハイラティの家のものだった。ハイラティは去年小さいレストランを開き、（といっても小さなテントだが。）今年は大きなレストランを開いた。

※緯度が高いため。

（大きなテントに変わっただけだけれど。）来年はダンスホールさえ開くつもりなのだ！　彼はそう言っているが、でも私たちはあんまり信じていない。この荒野にダンスホール？　まったく想像できない。

ハイラティは背が高くてカッコ良く、オルガンもいちばん上手だった。でも、いつも彼だけに弾いてもらうことはできず、他の人だって順番に弾いてみたいはず。そこで、ご飯を食べてから彼がオルガンを準備すると、皆は次々と列に並んだ。これにはハイラティの奥さんはご機嫌斜めで、皆に向かって繰り返し、電子オルガンが電池を食うことを毎回話した。

でも、この静かで奥深いサイホンブラックの夏の牧場で音楽が聴けるのは素晴らしいことだった。だから誰も奥さんに耳を貸さなかった。

皆はだいたい音楽的本能に従って、伝統的な聞いたことのある曲の一部をオルガンで弾いた。でも、アーイトンは違った。彼女は学校で専門的に習ったため、カザフの民族音楽以外の曲、たとえば、「南泥湾」、「エーデルワイス」なども弾けた。彼女がオルガンのそばに来ると、弾いていた人もすぐさま弾くのをやめてアーイトンに譲った。

アーイトンの指は細くて長くて、硬いマメができているのに、指はよく動いて優雅だった。でもいつも彼女がオルガンを弾くとき、なんだか麺を捏ねるあの様子が浮かんだ。同じように、真面目で素朴な生活を基にした本能的な情熱というものに溢れていた。

アーイトンは十三歳。十三歳にしてはすでにずいぶん大人びた雰囲気だった。とは言え、やはり子どもだった。

私が見てきた多く子どもたちは、特に目立ったところのない子どもたちだった。同じところにずっと座ったまま身動きもしないこともできるし、川のこちらからあちらへ走り、そしてまた川のあちらから走って来て、それからまた走って行く。そんなふうに走り回ってどこが面白いのかわからない。子どもの心って私たちからなんと遠くにあるのだろう。彼らだって大きくなるし、今とはまったく違うものになることだってできると思うと、もっと神秘的で不思議なものに思えてくる。子どもがブツブツ独り言を言いながら草原で何かを探し回ったり、一口で食べてしまえる飴をずっと我慢強く大事に舐めたり、私たちにはまったく何を言っているかわからないような話題を互いに、まるで理屈にあっているように議論しているときとか……子どもたちの幸せってなんと幅広いんだろうと思う。彼らはまた柔らかくて、永遠に誰かが守ってやらなくてはならない姿で、小さな手はプクプクしていて、小さい肘はちょっとねじれば折れてしまいそうで、あんなにも脆そうで……それなのに、彼らの想像力はあんなにも強大で、まるで彼らはその想像力に頼って、あるいは想像力という栄養たっぷりの乳を吸って成長しているみたいだった。ある子は突然私に言った。「羊のお腹の中の虫が飛ぶと羊も飛ぶんだよ。」と。

あるいは、真面目くさって私に聞く。「川って戻って来るものなの?」って。しばらく考えあぐね、どうやってこの話の芽に続けたらいいものかわからなかった。

それなのに、この土地の人たちは、これまでに自分の子どもたちと一度も隔たりを感じたことはなさそうだった。彼らと子どもたちの話の通じることと言ったらまったく驚くほどで、あれやこれやがなんの障害もなく通じているし、まるで兄弟のように五歳の息子に用事を言いつけ、しごく平然と子どもたちの豊かな子ども時代に接し、お互いに干渉し合わなかった。私は何かギャップといった問題がないか見つけ出そうと躍起になったが、観察する中で結局気がついたのは、最も難しいのは結論を出すことではなくて、注意力を集中するよう努力しても、突然また違う新しい問題に集中力が分散されてしまうこと。つまり私ってなんとつまらない人間かを説明することになるけど、おそらく真実の生活とは実は最も自然過ぎて、特に研究するようなものではないということかもしれない。

最後にうちのテントの後ろのパオに住むカーマン家の男の子のことをちょっと話したい。この子は八歳で、これといった特徴もなくて子どもたちの大群の中では実際この子だけを注目することは難しい。でも、最後に私を驚かせたのは彼だ。

秋になって牧場を閉めて南下を始めるとき、この子はなんと穀類を背負って、手には小さい柳の枝を持ち、徒歩で四十キロ以上、たった一人で三頭の牛を追って歩き通した。誰も通らないような森の近くの小道に沿って、二〜三日もかかってやっと出て来られるような深い山の中を、牛を山の麓の家へと追って行ったのだ。

小さな子にこんな仕事をさせるって、彼のお父さん、おかあさんはどこで何をしているんだろうと思ったが、彼の両親はもちろん引っ越しの支度でもっと忙しかった。当然引っ越しのほうが牛追いよりもっと疲れる。ただそうだとしても、八歳の子どもにこれだけの労働をさせるって……この家は子どもに厳し過ぎるんじゃないかと思った。

でも、なんというか、どれほど私を驚かせることでも、最後には納得がいくものだ。私が目の当たりにしているのは古くからの、数千年経ってもまったく問題が起きてこなかった生活様式であり、その様式とそれを取り巻く生存環境は平等に共存していて密接につながって切り離すことができないくらい自然になっている。その中で成長していく子どもたちは、強く、純粋で、暖かく、静かで、簡単に満足を覚え、容易に幸せになれるのだと私は思った。それもまた自然なのだ。

カフナと友だちになって

私がもっとも恐れていたカフナがやって来た。なぜなら互いにまったく何も話すことがないから。会ってまず驚き喜んで「わぁ」と一声あげ、すぐさま……。

「元気だった？　カフナ？」

「こんにちは！」

「元気？」

「元気。」

「おかあさん、お父さんもお元気？」

「うん。」

「お兄さんも？」

「うん。」

「妹さんも？」

「うん……。」

幸いなことに、彼女は家族が多くて、一人ひとりが元気かどうか尋ねたらほぼ終わりで、それで私たちはもう特に何も話さなくとも、十分話をした気分になれた。どうも私たちは本当によい友だちみたいだ。

もし何十年か前なら、彼女の家のパオの様子はどうか、牧草地はいいかどうか、水源はどうか、牛や羊、ラクダ、馬には何も問題がないかを聞くことができたし、もちろん他にもあの黒耳の猫は生きているかどうかも聞けた。もし十分仲がよくて、もし離れ離れの時間が長かったとしたら、鍋や釜、柄杓に関してさえ今はどうかと聞くことができる。ただ、最後にうっかり「寂しくないか？」と聞いてはいけない。

初めの頃、こんな問答の風習があることを聞いたときには半信半疑だった。（今もなお半信半疑だけど……。）もし街中だったらこんな聞き方をすれば冗談を言っているようだもの！　誰が街角でそんな長い時間をかけて一人の、たまにしか会わない人に対してその人の家は雨漏りがしないかまで聞くだろうか。

でも、昔々この山野は私たちが知っているよりもっと荒れ果てていて、もっと静かな場所で、当時は、道さえすべて崖に沿って回って行かなくてはならなかった。ある人が昔の道を指差して教えてくれたことがあるが、それは狭くて急な道で山の頂まで曲がりくねり、見ただけでめまいがしそうで、上から下を見るなんて想像もできなかったそうだ。今の道はどこもすべてダイナマイトで穴を開けて造ったものだから、広くて、平坦だ。塞がった道はどんな山でもすべて開通させられる。

だから当時の生活は非常に閉塞的で寂しく大変だった。遊牧民たちは遥か遠く、静かな遊牧生活を、四季を通じて繰り返し、深く茫々たる山野の中に埋もれていて……そんなとき、夏の牧場へ行く途中とか、誰かの盛大な結婚式かで、昔からの知り合い二人がばったり会うなんてどれほど珍しく、どれほど驚きと喜びに満ちたものだったか！　だから顔を合わせるとすぐに立ち上がって、挨拶を交わし、一気にその家族の年寄りから小さい子のこと、家の中のことから、外のことまで一通り聞き合う――これは人情をわきまえた挨拶という意味だけではなく、もっと厳粛で大事なことだ。人生が人々を荒野のあちこちへと流浪させ、今度いつ何時会えるかはわからない。誰もこれからの運命や何が起きるかを知ることはできない。

なんといってもそれはすでに数十年もの儀礼となっているのだ。だから私もカフナのいちばん下の妹のことまで聞いた。もちろん「チョッキは大丈夫？」と一言添えることもあるけど。

なぜならそのチョッキはうちのおかあさんが作ってあげたからだ。

チョッキのことも聞いたら、この話は一段落ついて、次には彼女が私のことを聞く番になる。

「あなたも元気？　李娟《リージュエン》？」

「ええ。」

「体はだいじょうぶ？」

「ええ。」

それからおかあさん……おばあちゃん……商売……私が飼っているハツカネズミ……。

彼女は丁寧に一つずつ尋ね、私もきちんと逐一答える。

「元気よ……元気よ……元気よ……。」自分がまったくバカになったような気もする。

多くの場合、（特にとっても忙しいときは）同じことを繰り返しているとちょっとイライラしてきて、このような挨拶に過ぎないことを我慢して遮りもしないが、でもつまらない挨拶を聞いていると、本当に大きな声で、「元気かどうか自分で見ればわかるでしょ！」と言いたくなる。

でも私はそんなことはできない。カフナは本当におとなしくて、恥ずかしがり屋の娘だったから。彼女はいつもサイホンブラックに来ると私に会いに来てくれる。私と彼女は友だちなのだから。また、いつも私に会いに来るとき、私のありとあらゆる質問で互いに時間を潰すのにつきあってくれる。なぜなら私は彼女の友だちだから。私たち二人は友だちだけど、もしかしたら彼女は私よりもっと大変かもしれない。

初めてカフナと会ったのは、彼女のおとうさんが彼女を連れてうちの店に洋服を作りに来たときだ。布を選んで、寸法を測り、値段を交渉すると、彼らはすぐさまお金を出してくれたので、ちょっと申し訳なかった。なんていうのか——。

商売をしている他の漢民族の友人たちによると、カザフの遊牧民は実は最近になってやっと買い物をするときに値切ってもいいことを知ったのだそうだ。おそらく国営の協同組合で買い物していたときからの習慣なのだろう……つまり、彼らは最近になって値引き交渉を知り始めたばかりだから、その塩梅についての理解なんてまったく売り手が卒倒しそうなほどだった。だから私たちは何を売るにもまず、最初はうんと高い値段から始めて、お客さんが大鉈を振るって幾度か値切って、それでもまだ儲けがあるものだ。

でも……この父と娘は真面目過ぎて、こんな真面目な人たちを騙すなんて忍びなかった。だから私たちは自分から主体的に価格を適当なところにまで下げて、彼らを喜ばせ感激させた。

着ているものからみれば、彼らは決して裕福そうではなかったが、布の選び方や寸法の取り方はとくにややこしい要求もなく、私たちがこうと言えばそれに従った。こんな人って騙しやすいでしょう。そこでうちのおかあさんは私に、「この人たちのためによくよくいいものを作ってやりなさいよ。本当に真面目な人たちなんだから……。」と特に指示した。

一週間ちょっと過ぎ、カフナは一人でチョッキを取りに来た。着てみてとても嬉しそうだった。おそらく滅多に新しい服を着ることがなかったのだろう。

うちのおかあさんはそこで可愛い少女を喜ばすような話を続けた。

「……うん、いいね！　いいわよ……すごくいいよ、きれいだし……お嬢ちゃん背が高いからどんな服を着てもよく映えるね……この色を選んでよかったね、色白の肌の色によく似合っている……上にセーターを着てもいいし。冬になっても着られるもの……。」

そして後ろを振り向いて私に向かって中国語で、「お前、なんてことしてくれるの、こんなにダブダブに仕立てて。まるで皇帝の服みたいに大き過ぎじゃないの！　襟周りもこんなにノリでビシッとアイロンをあてて、後ろのはねもあんなに大きくて、平らに縫っていないの、それとも裁断のときの公式を間違えたの？　一体どのくらいの縫い目で縫ったの？」と文句を言った。

まったく恥ずかしくて仕方がなかった。私は、今回はダメだ、きっと返品されると思った。この人が一着の新しい服を着るのってどれだけ大変なことか、住んでいる場所だってあんなに遠く、（サイホンブラックで彼女に会えるなんてなかなかそんな機会はないのだ。）服を取りに来るのだって、朝早く出発して、馬に長い時間乗ってやって来たのだ……。

でも結果としてこの娘さんはまったく気がつかないも同じ、まったく気にならないようだった。やっぱり新しい服を着ることが少ないのだろう。こうなってくると私たち親子二人のほうが心苦しくなってしまった。うちのおかあさんは棚からアーモンドを大つかみで取って彼女にあげ、私は特別にソーダ水の箱の中を探し回って、一本だけまだ賞味期限が切れていないのを取り出して彼女に飲ませてあげた。

私たちはこうして仲よくなった。

初めは互いに知らないことだらけだから、次第にわかってくることが多かった。だから、話題はいくらでもあり、話し始めるとあちこちに話が飛んで、その後のよそよそしさやこだわりはなかった。

いちばん楽しかったのは、私たちが馬に乗る話をし始めたときで、彼女の話では彼女の家からここまでは四時間も馬に乗って来るしかなく、その間ずっと辺境地帯なのだそうだ。私もおかあさんもまったく舌を巻いた。これからまた四時間かけて帰らなくてはならないと思うと。幸いにも夏の昼間は長く、そうでなければ一日のほとんどを道の上で過ごさなければならず、私たちと一言二言話す暇さえない。

カフナが使っている馬の鞭は大変美しかった。持ち手の部分は短くて女の子が使うのに丁度よかった。上部はいろいろな模様の銀片で飾られ、赤い銅線で丁寧に括られ、それが様々な模様を生み出していて、模様の中にこの鞭の制作年が刻んであった。私は鞭を持った途端ある思いが……彼女に言うと、カフナは真面目に同意してくれ、その上、慰めのような励ましのことばで、「ううん、大丈夫。この馬は本当に大人しいから、怖がることはないわ。」と言った。

私は彼女の馬にちょっと乗ってみたいと思ったのだ。

普段、うちの周りはどこでも馬が走り回っているから、どの馬でも引いてくれれば乗れるように思えるが、私たちはまだちゃんと馬に乗ったことは一度もなく、人の馬の鞍の後ろに乗せてもらって、あちらの水路からこちらの水路まで、ついでに運んでもらったことがあるだけだ。

うちのおかあさんはこれを聞いて私より嬉しそうで、まるでお母さん自身が馬に乗せてもらえるように喜んで、すぐさまカフナを抱きしめて、彼女の後について馬を引きに行き、得意満面で私にこう言った。「……よく覚えておいて。馬に乗るときは、両足で馬のお腹をぎゅっと挟むと馬は歩き出すから。手綱を引っ張ると止まるし……手綱は両側にあるでしょう？　左のほうを引くと左に曲がるし、右のほうを引っ張ると右に行くから……」と。私とおかあさんは毎日一緒なのに、今までこんな乗馬の秘訣を教えてくれたことはなかった。おかあさんはいったいどこで馬の乗り方を覚えたのだろう、まったくすごい。

私たちはカフナの灰白色の母馬の前に歩いて行くと、カフナは馬の鐙を持って私を馬に乗せてくれた。

この馬は草原の上を走っては止まり走っては止まり、軽く身震いしたかと思うと草を食み、何度か回って、私が両足で挟んだり蹴ったり各種命令を出してみてもまったく相手にしなかった。私はこっちの手綱を引っ張りまたあっちの手綱を引っ張ったが、どれも役に立たなかったから、少し焦り始めた。こういうときに限って馬も何を勘違いしたのか、軽く走り出して、草地をさっさと離れ、坂の土道のほうへ行こうとした。私は怖くなって振り向いてカフナやおかあさんに向かって叫んだ。「おかあさん、おかあさんの教えたやり方まったく役に立たないよ、誰がおかあさんに教えたの⁉」

うちのおかあさんはやっと「あれは私が思いついたことよ」と正直に告白した。

……

最後はやっぱりカフナにお世話になるしかなく、彼女は後ろから追っかけてきて、私が落とした手綱を引き、馬を後退させ、ゆっくりと正しい方向に向けた。馬は私を乗せてテント地区の周りをおとなしく散歩し始めた。

カフナは馬を引っ張って笑いながら歩き、何度も私のほうを振り返った。馬はギャラップでゆっくり揺れながら歩き、私は高々と馬に乗って、軽く右左に揺れた。麓には山の渓谷の先に敷き延べたような緑の深い夏の牧草地が見え、左側には山並みが連なり、右側は森が川を取り囲んでいた。この深い山の中は本当に寂しく……カフナが私を家のほうに向かわせようとしたとき、私は本当に身をかがめて後ろからカフナを抱きしめて、私たちと一緒にいて、行かないでと言いたかった。

その日、カフナが帰って行こうとしたとき、私たちはまた彼女の上着のポケットにぎゅうぎゅうにひまわりの種やリンゴを押し込み、こんな直接的なやり方で好意を表した。うちのおかあさんは、カフナに向かって、

「カフナ、これから李娟はカフナのいい友だちよ、わかった？」と言った。

この友だちが馬に乗って遠く去って行こうとしたとき、私は確かに彼女のチョッキは大き過ぎると思った。着た様子がブカブカだった。

それから私たちは直ぐにこの出来事を忘れてしまっていた。商売があまりうまくいかなかったので私たちは仕方なく毎日遊びに出かけたり、山に登ってキクラゲをとったり、キノコ狩りをしたり、釣りをしたり、日々はこうして過ぎ、永遠に退屈することはなさそうだった。

ある日、土埃を立ててある遊牧民がうちのテントの前で馬を降りるまでは。その人は、一塊のバターと赤いシルクの包みに入ったチーズと、それから指の爪大の紙を手渡してくれた。紙にはきちんとした三つの漢字で「喀《カ》甫《フ》娜《ナ》」と書いてあった。

私はすぐあの草原の美しい午後のことを思い出した。

私とおかあさんは今楽しく暮らしているが、カフナは奥深い山中に住み、周囲にはお隣さんもなく、終日、牛や羊を友とし、きっと孤独なのではないだろうか。

その日は気分がとりわけよく、とても感動して、ペアの髪飾りと、マニュキュア（一つはピンクともう一つはライトブルーの）二瓶、そしてピーナツ一袋をその遊牧民に言付けて、持って帰ってもらった。

一週間してまた二度目の贈り物がやってきた。彼女がくれたのは風干しした羊肉の塊だった。私たちはお礼に大きな白菜一つと卵をいくつか、(干した牛の糞を砕いて紙箱の中に詰め、卵が割れないように入れた。) それから、色とりどりの小さなビーズが散りばめられたヘアピンを送った。

また半月以上経った頃だったか、うちのこの小さな店にカフナが二度目に現れた。突然の再会に私たちは、しばらく何を話していいのかわからないぐらい嬉しくて感激のあまりどうでもいいつまらない話を一通りし……それが礼儀なのだもの。でも、思いつくことを全部聞き終わり、また互いの興奮もとりあえず過ぎると二人とも黙ってしまい、また突然、気詰まりの大きな石が「ドカン」と二人の間に落ちてきて、まったくどうしたらいいかわからなくなった……カフナはまっすぐカウンターのところに突っ立って、私が彼女に質問するのを待っているから、私は急いでテントの外から小さい木の椅子をヨッコラショと運んで来て彼女を座らせた。彼女が座ってしまうと、またどうしていいかわからなくなったが、彼女はまだ待っていた。こんなときに限ってうちのおかあさんは外出していて、もしおかあさんがいたなら、彼女にいろいろとしゃべってもらい、そうすれば雰囲気もきっともっと楽しく気楽になったはずだ。

折しもこのとき、お客さんが背を屈めてテントに何かを買いに入って来て、何度も私を呼んだ。お客さんを見送り、また一人でカフナに対したとき、どうしても彼女に何を話したらいいのか一言も思いつかなかった。しばらくぼうっとしていて最後に、靴墨を取り出して彼女にこれはカザフ語でなんと言うの？　と聞いた。

彼女は真面目に教えてくれ、教え終わるとまた静まり返り、またじっと私が何か話題を用意するのを待っているようだった。私は本当にどうしていいかわからなくて、足元の草を一本引き抜き、「葉っぱ」ってなんて言うのかを聞いた。

彼女は帰ろうとしたとき、特に失望の色は見せなかったが、私はなんだかほっとした。まったく痛恨のきわみだわ。一切がぎこちなくて……どうしてああなっちゃったんだろう？　どうして私とカフナのつきあいは最初からこんなにぎこちなく、難しいのだろう。彼女は本当に真面目で善良で、またつきあいやすい女の子なのに。彼女はかつてあんなに私を感動させ、その上、私も本当に彼女が好きなのに。またどうしてこんなふうに苦しんで彼女に接しなくてはいけないのか……さらに彼女に「対処」しなくてはいけないのか……もしかして私は彼女とのつきあいをそんなに望んでいないのだろうか……この友情が大事なものであることは明らかだ。ちょっと思っただけで幸せな気分になる……なのに私は一体どうしたらいいのだろう？

後でまたこんなふうに思いもした。彼女の誠実さ、素朴さは確かに私を感動させたが、かといってそれ以上に私を引きつけるものがないのでは？　……あるいは彼女のあの美しさは特定のあるときにもっとも輝き出す……あの晴れた美しい午後、私たちと馬が草原をあてもなく歩いていたとき……私たちが一緒に生活し、同じ日々を何度も過ごし、共同の生活の中にある共通の願いとか喜びとか、どうしようもなく互いを頼り合うとか、そんなことがない限りは、結局のところ、私は漢民族でカフナはカザフ族の人。私たちには、なんと多くの違いが存在していることか……私はまたあれこれ考えた挙句、こんなとりとめもない結論を下し、最後に納得した。

それからなぜなのかわからないが私はまた別の情景を思い浮かべた。一人の少女が深い山の林の中に暮らす寂しさ……彼女が新しい服を着る喜び、彼女が馬に乗って静かな森を過ぎて行く様子、人っ子一人いない峡谷を四時間もかけて一人の「友だち」に会いに行くことを思った……。

それからカフナは二～三か月のうちにたまに二～三回やって来て、私たちの友情はやっぱり終わることのない挨拶と気前よく小さい贈り物をすることで維持している段階にとどまっていた。それ以上まったく進展することなく、次第に行き詰っていき……道理から言うと、始まりがよければ、普通の平凡な交際よりも、順調でもっと楽しくていいはずなのに。私の場合、始まりが素晴らしいものであると、往々にしてどのように終わらせたらいいかわからない。まったく変な話なのだが。一度はこんなことさえあった。遠くから彼女がやって来て草の上の切り株に馬を繋ぐのが見え……そのときは、まったく飛び上がりそうになるほどドキドキし、テントの窓の後ろにある布の山の上で寝たふりをした。寝たふりをするのは、熱心にずっと思っていたふりをするより少し自然だから……でもどうしてふりをしなくてはならないのだろう？　どうして彼女に面と向かう勇気がないのだろう？　何を避けたいのか？　まったく毎度、彼女と会うことが彼女を傷つけているみたいで。しかも真っ正面から彼女を傷つけようとは思わなかったから。

そしてしばしば彼女が帰って行ってから、さっき私のアルバムを一緒に見ようと言えばよかったと思った。あるいはおさげの編み方を教えることだってできた。こういう女の子用の小道具が私たちを喜ばせるものだ。でも……じゃあ、アルバムを見た後はどうなるの？　おさげを編み終わった後は？

どうも私がどんなに努力しても、なんだかわざとらしい気がする。まったくどこから問題が生じているのかがわからなかった。

ほんとうに、もし彼女がただ取るに足らない物を人に言付け、私が元気かどうかきいてくれたら、絶対にもっと嬉しいはずだ。誰かが私を気遣ってくれたことに感激して、幸せなはずだ。なのに、どれほどの物を贈り合おうと心の中の感激や喜びは伝わらなかった。

もし彼女が、自分から来たとすると……急いで一生懸命食べ物をプレゼントし、まるで物質的な物で隠して補おうとしているみたいで……心は申し訳なさで溢れ、彼女の澄んだ明るい瞳に対すると焦ってしまった。極力、親しさを表現しようとするが、この情熱は嘘っぱちで、それを彼女はもうお見通しなのではないかと思ってしまう。まったく疲れる……。

でも思うに、カフナはおそらく私に比べると、きっと気楽だったんじゃないだろうか。彼女がサイホンブラックまであんなに遠い道をやって来るのは、当然私に会いに来るためだけじゃないはずだ。きっと他にも別の用事があるはずだ。でも最初にすでに私たちは「よい友だち」だと言ってしまっているから、寄らないわけにいかず、まるで一種の任務のようになってしまったのだ。もしかしたら私からのお礼が欲しいわけではないのかもしれない。でも始めた以上はやめるわけにもいかなくなって、贈り物をし合っているだけ。もしかしたら彼女だって面倒で面白くないと思っているのかもしれない。でも、私の「真心」に背くのが申し訳ないのかもしれない……私が彼女からこれを感じる以上は彼女だって私に同じことを感じているのかもしれない……もしかすると私たちは二人とも同じ苦しみに疲れているのかもしれない……。

でも詰まるところ、これは私が勝手に想像したことだった。またよく考えると、私ってなんと自己中心的なんだろう。思いつくのは全部自分の言い訳ばかりなのだから。

カフナはいい娘で、私みたいにあれこれ余計なことを考える人じゃない。

でも、カフナが別の女の子といるのを見ると、もっと気楽で明るく、先を争ってしゃべり、よく笑い、少しも私と一緒のときのような堅苦しさがない。彼女たちの関係は、正式に明言した「友だち」関係なのではなさそうだった。

私はちょっと嫉妬した。ちょっとだけ。そしてちょっとがっかりした。

こうしてみると、私はほんとうに一人も親友がいない気がして、特にこんな辺鄙で荒れた山の奥には。

そこで私は彼女に対してもっとよくしてあげようと決めた。来月は彼女にくっついて家に行って手づかみでゆでた肉でも食べられるほどに。

でも、……会うと……やっぱりあんな態度になってしまう……。

それらからまたある事件が起きて、さらに私とカフナの友情に打撃を与えた。

カフナは親戚が多く、私と彼女が友だちだったとき、次々と彼女についてうちの店にやって来て、安くするように言うので私たちも親切に応対していた。これがまぁカフナに対する「友情」の表わし方の一つと言えるだろう。その上、あれは私たちが初めてサイホンブラックで商売を始めた年だったから、少しでも知り合いができるといいからということもあった。

しかし最後にはどうしてかわからないが彼らはどんどん傍若無人になっていった。特にある女の人にはまったく腹が立った。あれこれ欲しいと言うので私たちはすでにいちばん安い値段にしているのに、それでも彼女は満足せず、私たちが彼女を騙していると思い、私たちに向かって安くしろ安くしろと言い続け、その上、大きな声で「友だちじゃないの、そうでしょう？　そうでしょう？友だちじゃないの……？」と叫ぶので、私たちも最後には態度を変えて売らないことにした。……カフナの親戚は実際多過ぎた。

うちの店は詰まるところ、ここに商売をしに来ているのであって、友だちを作りに来ているのではない。

それからまた、ふとこうも考えた。そうだ、自分をずっと商売人だと捉えていたのだ。突き詰めたら営利を求めているのだ。だからカフナとの友情が美しくやって来たとき、それは結局役に立つかどうか、そのときの自分にふさわしいかどうかを一生懸命分析していたのだ……。

カフナはまたどんなふうに思ったのだろうか。私は彼女をどんなに傷つけてしまったのか、彼女はどのくらい気に留めているのか……。

夏が去って、山にも初雪が降った。私たちはついにテントをたたんで、サイホンブラックを去ることになった。そのとき、またカフナに会った。彼女は今もあのブカブカのチョッキを着ていた。私襟はノリでまだピシッと光っていた。私は心が動いて、とたんに泣き出したい気持ちになった。私たちはやっぱり友だちで、別れはやはり辛かった。彼女は、私たちが取り外したテントの跡地に寛容に佇んでいた。四方には連なる山々がどこまでも広がっていた。

彼女と彼女の馬はひっそりとそこに立ち、私たちがひっそりと遠く去って行くのを見送っていた。

この二つの「孤独」は実はどちらも私一人が感じたものだ。多くのことは自分が今までちゃんと向き合ってこなかったものだ。私には疑いが多過ぎて、避けて通るものも多過ぎた。でも実はちゃんと知っている。私が想像できたことはもっともっと多かったということを。

おばあちゃんを連れて遊びに出る

私たちはどこに行くにも必ず、おばあちゃんを連れて行った。でなければどうすればいいの？彼女はもうすぐ九十歳になろうとする人で、町や内地※に残していたらどんなにかわいそうだろうか。私たちの暮し向きはよくはなかったし、山の中をあちこち流浪して、ちゃんとしたベッドさえ用意してあげられないし、美味しいものも食べさせてあげられなかったが、みんなよくも悪くも一緒で、何をするにも安心だった。

うちのおかあさんの理由は、年寄りがいたらさ、どこかに遊びに行くときにもさ、店を見てくれる人がいるじゃない、ということだった。

残念なことにこの当ては外れた。おばあちゃんが高齢だからではなく、性格が抜け目なかったのだ。四川からやって来たばかりで、何を見ても珍しく、遊び心は誰よりも強かった。おばあちゃんは、私たちがどこかへ遊びに行くと聞けば、何も言わずにこっそり服と靴を履きかえ、麦わら帽子をかぶり、杖をつき早々と道の分かれ道に立って私たちを待っていた。

私たちは本当におばあちゃんを連れて出たくなかった。仕方がないでしょう。以前クーウェイの牧場にいたときは、木の家に住んで、牛小屋と似たようなものだったとはいえ、家に誰もいないとなると、少なくとも、気休めでもドアに鍵をかけて行くことができた。でもサイホンブラックに来てからはテント生活で、何枚かのビニールを店の商品にかぶせるだけだから、誰かが残って店番をしなくてはならなかった。その上、おばあちゃんは年を取っているから、丘を登ったり、でこぼこ道を歩いたりはできないから、私たちみたいにスタスタと歩く人たちについて行けるわけがなかった。私たちとおばあちゃんが一緒に出かけると、まず私たちが猿みたいに飛び出して、それからおばあちゃんがやって来るのを三十分も待たなくてはならなかった。そしてまた先に飛び回って、また我慢強く待った。険しい場所では、おばあちゃんを支えながらおそるおそる一歩一歩渡って行くしかなかった……つまり、出かけるとき、おばあちゃんを連れて行くと思い切り遊べなかった。かといっておばあちゃんだけ一人家に残して、私たちは外で自由を謳歌するというわけにもいかなかった。途中でまた家のことを心配し、早く帰らなくちゃ、と思うのだった。おばあちゃんが家で独り寂しがっているだろうとか、危ないとか、気にかけるだけではなくて……。

おばあちゃんはいつも品物の棚にある美味しいものを勝手に、証拠が残らないように「盗み」出して近所の子どもに配っていた。私たちは出かけて三十分もすると想像し始めるのだった。リンゴが減ってるかもしれない……そしてまたしばらくするとこう想像する。飴がひとつかみ無くなっているだろう……テントに戻る途中で、今度は大丈夫。だってフーセンガムの箱は空っぽだから……と。

※作者らの出身地四川省を指す。

だから、いつもテントに戻るとこんな情景が広がっていた。小さい店の戸口に集まっていた子どもたちがわぁーっといなくなり、果物の種や飴の包み紙が残される。おばあちゃんはニヤニヤといちばん奥に立って、嬉しそうに「今日はよく売れたよ。とくに食べるものが、さあっと売れた。」とわざとらしく言うのだ。

これも、まぁいいでしょう。子どもを喜ばせるのも情けは人の為ならずで。（この辺りの子どもたちはいつも森で薪を拾って来るとき、うちの戸口の薪の山に一〜二本置いて行ってくれる。）でも、おばあちゃんが朝から晩まで自分の考えで適当に物を売るのは許せない。

ある日なんて、おばあちゃんは二十元のフイルムを二・五元で売ってしまった。その得した人はなんと次の日もやって来て、またそれが欲しいと言ってきたから、私たちは怒鳴ってやった。それから私たちは後ろを振り返っておばあちゃんのせいだと睨みつけた。なんとおばあちゃんはいけしゃあしゃあと「あのくらいの小さい箱がどうしてそんなに高いのかね。お前たちは、むやみに高くものを売っちゃいけないよ。」と言ったのだ。……なんと、おばあちゃんは私が高く売りつけているとさえ言ったのだ。私たちは仏頂面でおばあちゃんを無視するようにした。しばらくしておばあちゃんも自分が悪いことをしたと気がついたが、それでも、神妙に最後の弁明を始める。「なんて言ったたって私だって二・五元ちゃんと徴収したじゃない。一文ももらわずにタダであげたのよりずっといいじゃないか……。」と。

家にこんな婆さんがいるとまったくどうしようもなかった。

その後、おばあちゃんは私たちが三元でビール一本を売っていることに気づき、それからは、どんなお酒でも一律三元で売るようになった。「伊犁特《イリ》※」と呼ばれるあの高級酒までも。

おかあさんは、「これじゃダメだわ。おばあちゃんが店番をするときは、私たちのうちどちらか一人がおばあちゃんを見張ってなきゃ。」と言った。

当然、外はとても楽しいから、誰も留守番する人になりたくなかった。そこで交代で留守番することになった。最初は私もおかあさんも役目を自覚していたが、次第に怠けたくなり、どっちが動作が素早いか、どっちが足が長いかで勝負が決まった。私という人は比較的生真面目で、朝ご飯を食べると、鍋やお皿を洗ったりするからいつも損をして、目を丸くしておかあさんが出かけて行くのを見送ることになり、その上、恨み言を言ったりしなかった。うちのおかあさんはそうではなく、いつも自分が出遅れて私に先を越されると、なんとおばあちゃんを利用してひどいことをするのだ。「おかあさん、ほら、この子がおばあちゃんを連れて遊びに行ってくれるって。ほら、早く、服を着替えて早く追いかけて行かなくちゃ。」

そして一方で勝ち誇ったように、「ジュエン、ほら、おばあちゃんも行きたいって。連れて行ってやってよー。」と大声で叫ぶのだ。

私は驚いて、一瞬クラっとするが、おばあちゃんは大喜びだ。私が聞こえなかったふりをして一目散に逃げ出そうとすると、おばあちゃんは着替えが間に合わず、上着と杖を小脇に抱え、よたよた飛び出して来る。おかあさんは思いやり深くおばあちゃんを追いかけて帽子を被せ、おばあちゃ

※新疆自治区北部のイリ・カザフ自治州にある地方。

んを私に押しつけに走って来る。

「ジュエンちょっと待ってよ、おばあちゃんを待ってやってよー。」と、人の不幸を喜んで言う。

私ときたら、もう遠くまで走って行ってしまっていても、なんだかかわいそうになって、後ろを振り向くと、おばあちゃんは沼地の草のところでモタモタしながら急いで私に追いつこうとしている。おばあちゃんは痩せて少し背中が曲がってよたよたとしている。おばあちゃんは少しも私の気持ちを理解することなく、私が歩くのが早過ぎると文句を言った。

「ジュエン、待ちなさいってば、待ってよ、追いつけないよ……。」

私の心は波打ち気を緩めずにいられなくなり、二本の足は止まってしまうのだった。

おばあちゃんはこの山奥でどんなにか孤独だろうか……。

いつもこんな感じ、気が緩むとそれで終わり。それからは、この外出がどんな結果に終わるか目に見えている。通常は前の山の道が曲がるところまで彼女をゆっくりゆっくり連れて行けば、おばあちゃんはまず満足した。

「ジュエン、こんなに遠くまで来てしまったよ、いいよ、今日はもう十分遊んだ。一緒に帰ろうよ、おかあさんが一人で家にいると心配だから……。」

私は仕方なく、まるでバカみたいにまたゆっくりとおばあちゃんを連れて帰るのだった。

一方で家では、おかあさんはすでに茶碗を片づけ、出発の準備をしていて、私が帰ってきて店番を交替するのを待っていた。

私も負けてばかりはいない。同じ手を使っておかあさんに対抗した。でも、おかあさんのほうが、いつも結果がいい。なぜなら私が一人で店にいると、おばあちゃんは「もっと心配」なことになるからだ。だからいつもおかあさんは出かけてまだ何歩も行かないうちにおばあちゃんを置いていけたのだ。

ある日、おかあさんが、左側の山を登りに行ったとき、当然おばあちゃんもついて行った。私はきっと長くても三十分でおばあちゃんは捨てられて戻って来るだろうと見込んでいた。でもこの日は、まるまる二時間も行ったきりで、最後はやはりおばあちゃん一人で戻って来たから、いったい何が起きたかのかわからなかった。

私は焦っておばあちゃんにどこまで行ってたのと聞いた。

おばあちゃんは、「すごく遠くの遠くの遠くの遠くの遠くの……。」と言った。

私は「高い山に行ったの？」と聞いた。

おばあちゃんは「すごく高くて高くて高くて高い……。」と答えた。

私は「じゃ、どうやって一人で山を下りたの？」と聞いた。

おばあちゃんは急いで後ろを向き、お尻を見せて私に破れていないかと聞いた。

私は本当に腹が立った。おかあさんったら、まったくどうやったらおばあちゃんを一人で、あんなに遠い道のりを帰すことができるんだろう。二時間も！

おばあちゃんはまた言った。「高い高い高い山だったよう。わしは（えっ、おばあちゃんたら自分のことを『老子《わし》』なんて呼んじゃってる。）今まで見たこともないような山でなぁ、中腹まで登ったら（え？　嘘でしょう？　おばあちゃん中腹まで登れるの？）疲れてしまってのう、あんたのおかあさんがなんとかして、わしを登らせようとして、押したり引いたり、この婆さんを引きずり上げようとして、負ぶって登ったり……ああ、まったく高い山だったのう……この婆も汗だらけになって……あそこにはたくさんの木があって、どこにでも木が転がっていて、こんな太いのがあって（と言いつつ腕を広げて手ぶりで）、こんなに太いのもあって（と言ってまた腕をまっすぐ伸ばして手ぶりをしてみせ）、誰もあれを引きずって帰って薪にしようという人もないから、きっとまだ誰も分け入ったことがないんだね（また嘘言ってる）、まったく高い高い山だったよ……今回初めて行ったから、うーん、わしは今回わかったよ、うーむ。もう考えたくないね。二度と行って倒木を持ち帰ろうなんて思わないよ……。」

でもその後、おばあちゃんは毎日、思い出にふけるようになった。おばあちゃんは毎日テントの外に座って首を伸ばして山の中腹のあの深い森を見やって、なんだかブツブツ言っていた。

「……あんなに太い……誰もあそこに入ったことがないんだねぇ……。」

おばあちゃんはうっとりとして、そばにあるお粥が沸騰して鍋蓋を持ち上げたのにも気がつかない。あれがおばあちゃんの人生で初めて森に入った経験だった。

靴を修理する人

私ってすごい。だって一か月に五足も靴を履きつぶしたんだもの。だから山の上に引っ越そうとなったとき、たった一足のサンダルしか残っていなかった。

引っ越しのとき、みんなは忙しく荷物を車に詰めていた。私はサンダルのかかとを踏みつけて箱を担いだり、袋を引きずったりした。脱げては絶えず拾うことになるからそのたびに叱られた。そのあと商品を全部積み終え、あとは菜種油一桶だけが残ったが、何百キロもの重さだから、二枚の板で作ったスロープの上を転がしてトラックの荷台に乗せなければなかった。下のほうから三人の男たちが桶を支えて上へと押し、私と星星《シンシン》君は、車の上から綱を引っ張った。私の指はもう少しで引きちぎれそうなぐらいだったが、もしもあの大事なときにちょっとでも手を緩めたら、綱が緩んで、人も桶も転がり落ちて、私を罵ったばかりの三人の男たちを押しつぶしてしまっただろう。

桶はなんとか運び上げられたが、私は全身汗びっしょりで心臓の鼓動はするわ、足はガクガク震えるわ。両手のひらは血で真っ赤になって、びりびりと痺れていた。私ってほんとうにすごい。サンダル履きでこんな全身の力仕事ができるなんて。

山に入ってすでに六月になるというのに、依然としてとても寒く、朝起きるとテントのビニールさえ凍ってカチカチになっている。草の上もいつも真っ白で厚い霜が張り、足で踏むとシャクシャクと音がした。私は履く靴がないからおかあさんの中綿靴を履いていた。でもそうするとおかあさんが履く靴がなくなってしまうから仕方なく自分のサンダルを踏んで履いた。

でもおかあさんの中綿靴もなんてカッコ悪いんだろう。大きくてまるで二隻の船みたいで、歩くとゴツンゴツンと鳴った。ヒールが高くて、補修した跡がいっぱいあって、その上、二か所を缶詰の蓋から外したブリキの輪っかで固定され光っていた……暖かいとしてもあんなにカッコ悪くて……履いたとき、人の目を惹かないようにできるだけ下を見ないようにした……。

たとえば履きつぶしてしまったあの何足かの靴の中から、なんとか一組にできたら、私もそれで間に合わせたと思う。でも……まったくどうしてあれほどひどいのかわからないけど……それらは全部、靴の上部と靴底が完全に分かれていて、以前試しに紐で靴と靴底を縛って履いてみたことがあるが……あれじゃあ、やっぱりおかあさんのボロ革靴のほうがマシだ。

この夏をどうやって越したらいいんだろう……。

おかあさんは「靴修理のおじいさんが来るのを待っていればいいのよ。」と言った。

他の人もそう言った。

でももうすぐ七月になるというのに、おじいさんはまだ来なかった。

またある人は、「すぐだよ、すぐだよ。おじいさんはもう麓の谷のところまでやって来ているから、あそこの牛や羊が移動してしまったら、おじいさんもこっちへ向かってやって来るよ。」と言った。

そのおじいさんは毎年、羊の群れについてやって来るから、どの牧場にもだいたい十日から半月ほど滞在するということだった。私たちのここ一帯の牧草地は順番がいつも後ろのほうだった。おじいさんは毎年サイホンブラックに来て、いつも私たちのいるこのテント村からとても遠い川べりの空き地に、自分で三角形のテントを建て、静かに暮らすということだったから。私が川辺に洗濯に行くときにいつもその小屋の跡地を通っているはずだ。そこはだいたい広さ二メートル四方の細長い空き地で小さな草さえ生えていない。空き地の一端には一メートル位の柱も立っていた。だからその小さくて背の低い三角形のテントの様子が想像できた。テントは「人」の字型に相互に支えられ大きなシートがかけられ、前後は塞がれている。昼間は前のほうのシートを巻き上げて、おじいさんはテントのところに座り、前にはおじいさんと同じぐらい古い靴の修理機を置く。テントの中にはオンボロだけどカラフルな敷物が敷かれている。

とうに七月を過ぎたのに、おじいさんはまだ来なかった。

誰かが言うには、あのおじいさんは体が不自由で脚はブリキで作った義足をつけているそうだ。また噂では、おじいさんも、もともとは放牧で暮らしを立てていて、四十歳を過ぎてやっと結婚をし、子どもが一人いたが、何年もしないうちに、その結婚相手の女がある回族の男についていってしまったのだそうだ。だから彼は羊を売って、子どもを抱いて妻を探し回わり、内地にも行ったが、子どもがその旅の途中で幼くして死んでしまい、それから何が起きたかわからないが彼自身も体が不自由になり、すべてを失い故郷に戻って来たのだそうだ。牛や羊がいないのだから、この仕事をなりわいとするしかなくなったらしい。

私は「じゃ、おじいさんはどうやって靴の修理を学んだの？」と聞くと、相手の人は、「誰も知らないよ。きっと放浪の旅をしていたとき、この仕事を始めたんだろう……。」と言った。

だから私はいつもそのおじいさんが不自由な足で道具を背負い、子どもの手を引いて、街の繁華街を歩いている様子を想像した……私が一人で町に住んでいたときにも、町中にそういう人たちを何人か見てきた。でも彼らが故郷に戻ったときの様子を想像したことはなかった。おじいさんはほんとうに孤独だ。彼の小さなテントの跡地もこんなに孤独なのだもの。

私はサンダルのかかとを踏んで麗らかな草原を歩いた。爪先が破れた靴下から飛び出し、青草に当たった。遠くまで行って川辺の砂浜でサンダルを蹴り捨て、棘のある植物の群生を踏まないよう避けて歩いた。遠くのほうが本当にきれいだった。あのなだらかに連なった森、緑豊かな草の生えた斜面、無数のキラキラ光って流れる渓谷……でも私はあっちへ行けなかった。私は裸足で河岸の高いところに立って眺めながら、一揃いの永遠に破れない靴があったらどんなにいいだろうと思った。そのときには、行きたいところはどこでも私が行けば道は平坦になり、心地よいものになるはず……いつも行きたい場所がたくさんあるのに、いつもいろいろな理由であそこにもここへも行けない。

その体の不自由なおじいさんは、もはや靴も必要とせず、立ち去る必要もなく、もしかしたらもう愛情も必要ではないのかもしれない。でも彼はまだ生きていかなくてはならないから、自分とはなんら関係のない多くの靴を受け入れ、それらの靴が自分の手を経てまた新しく使われることを願っている。それはまるでおじいさんの生きがいは、最後まで人に希望を与えるために努力することのようだ。私はおじいさんを好きになりそうだと思った。一方私は一日中延々と働き、汗をかきながら、商品を雨漏りのする場所から乾いた場所に移し、力を入れて薪を割り、草の上に杭を打つ……そして、いつかは故郷に戻ることを想像してみた。

私は水汲みに行ったとき、またその小さなテントの跡地を通りかかり、草の上にいつ置かれたかわからない、くるくると巻かれたオンボロな荷物が置いてあるのを見つけた。だから喜び勇んで家にとって返し、とっくの昔に準備してあったボロ靴を全部取り出した。

橋頭で

秋

山林で火事が起きた。誰かが一四一式トラックを運転してきて、何人かの消防ボランティアたちが次々とトラックの荷台に乗り込んだ。そして荷台のシートに這いつくばって、下にいる人に手招きをした。

私もついて行きたかったけれど、うちのおかあさんは、なんと運転手さんに、「この子には構わないで、この子は野次馬なだけだから。」と言った。

私は「どこが火事なの？」と聞いた。

ある人が、「温泉の近くだよ。」と言った。

私はまた「今夜、トーイ※があるんじゃなかった？」と聞いた。

その男の人は「聞いたところじゃ甘粛省から来た回族のごろつきが、森で冬虫夏草を採っていて火がついたらしい。」と言った。

その後また、「トーイか、あるかどうかわからないよ。」と言った。

そして「川の西のマヘリパの家じゃ、この二日間で子どもの割礼を行うらしい。」と言った。

私は、「あ、そう。」と言いながら心の中で「マヘリパ家の子どもの割礼って二週間前に終わったはず……。」と思った。

私たちは戸口に立って騒ぎを見ていた。運転手はあっと言う間に二十人からの人を呼び集め、それから、トラックは営林場の作業員と合わせて三十人以上の大入り満員になってユッサユッサと動き始めた。

毎年秋になると、こうした火災が一度か二度起きた。たぶん森の「喉の渇き」がひどいからだろう。繁茂の夏が終わった後、秋を迎える――勢いを失った静かな秋を。すると森はこうして燃え出すのだ。

この頃になると山にはすでに人もあまりおらず、放牧もすべてエルティシ川以南の春秋の牧場と、冬の牧場に移って行き、山に初雪が降って、もう一か月もすれば山は封鎖される。

このとき、山でひと夏中働いていた農民工たちも山を下りてついに暇になり、一年の仕事がほとんど終わったことになる。ある人は街に出て行き仕事を見つけてお金を稼ぎ、多くの人は長い長い(ほぼ半年に及ぶ)休みに入る。もしこのとき、何かやることがあったら、――たとえば消防とかで、お金がもらえるとは期待できないが、でも何回かのご飯にありつける。その上、何かやることがあるって何もないよりましだし、ずっと家にいるのはどれほどつまらないことか。

本当に私も一緒に山に入って、なんの手伝いもできなくても彼らが消防活動をしているとき、衣

※ダンスパーティー。

服の番をしてもいいんじゃない？　他にもご飯を作る人も必要かもしれないし……でも三十人のご飯を作るのは実際大変だろうな、大鍋で炒めるにはスコップをフライ返しとして使えば、混ぜ合わせられるかな……など思いつくまま想像していると車は出発してしまい、埃がもうもうと空に舞い上がっていた。また、こんなときの山奥は、北国の極度に明るい昼の間、森は深い藍色で、空は澄んだ青で、川の水は氷のように冷たく透き通り、世界は静かで寒かった……でも車は行ってしまった後だった。

まぁ、やっぱりトーイのことでも聞いてみよう。明らかにこの二日間、近所で結婚式があるってことだったけど。

私が店に戻ると、二人のカザフ族がカウンターの前で蹄鉄を選んでいたが、うちの店の蹄鉄は薄過ぎるとぶつぶつ言っていた。あの頃、私たちは鋳物屋さんで蹄鉄を作ってもらうのに一斤でいくらという計算で注文していた。店に持ち帰って販売するときには一個売りで売っているため当然薄いほうが儲かるから、うちの蹄鉄が薄くて気に入らないと言われても特に問題にしなかった。うちのは確かに少し薄いが、この一帯ではうちしか蹄鉄を売っていなかったのだから。

うちのおかあさんは、「薄いほうがいいんじゃないの。薄いと馬が早く走れるでしょう。ほら、もし厚くて重かったら、馬は疲れて死んじゃうよ。お客さんは重い靴を履く？　それとも軽い靴を履く……？」と聞いた。

彼らは大笑いして、「重い靴のほうがさ、丈夫だろう……。」と言った。

私がちょうどそのとき、店に入って行くと、彼らはみんな私のほうに振り向いて笑いながら、挨拶してくれた。「おい、娘さんいいねぇ、元気？」

「元気ですよ。お客さんも元気ですか？　森で火事が起きたというのに行かないんですか？　火は大きくないの？　大変じゃないの？」

「俺は元気さ。そうだよ。火事が起きたから、大勢の人が行っちゃったよ。他からもまた車が来て人を集めているよ。火事がひどいかどうかって？　わかんないよ。それは神様の思し召しだよ。あんたんとこの蹄鉄薄いねぇ。」

「今夜は、どこの家でトーイがあるの？」

「うちに決まってるだろう？」

「えっ？　おたくの誰が結婚するの？」

「俺に決まってるだろう。俺だよ。俺は新しいお嫁さんを連れて来たばかりだよ、だって寂しくってさ。」

「えっ？　そりゃよかったですね。お客さんおいくつですか？」

「俺かい。まだ若いよ、六十になったとこ。俺って精神年齢が若いから。」

「ええっ。そういうことだったんですか。」と私は答えながら奥に入って行った。後ろでうちのおかあさんがその人に、「他には、本当にありませんよ、全部こんなふうに薄いんですよ。まったく、わかるでしょう、わからないんですか！　蹄鉄って、当然薄ければ薄いほどいいんですよ……あれ、お客さんの家のあの古い奥さんどうするんですか？　昨日うちに来て私に次は決してお客さんに酒を売らないでくれって言っていましたよ。」と忠告した。

トーイもないし、森もない……橋頭《チャオトウ》ってちっとも面白くない。秋がくればすぐに冬だし、冬の橋頭には誰もいなくなる。橋頭って本当につまらない。橋頭でいちばん面白いのは草を抜きに行ってニワトリにエサをやることだけ。でも秋になると毎晩霜が降り、草は固くなって紫色になる。ニワトリは気にしていないが、草を抜く人のほうはどんどん嫌になってくる。だってあんな草はきれいじゃないもの。

私は袋を提げ、ナイフを押し込んで出かけて行く。普段は川辺の林の草地の草を摘んだ。タンポポとかウマゴヤシなどだ。川は私の側を滔々と流れ、秋の川の水は真っ青で、水量がいちばん少ない時期だった。水位は川岸からぐっと下がってしまい、川岸に生えた白樺の木が水に洗われて根元に落ち葉がたまっているのが見えた。ああいう木の根元は優雅で、複雑にねじ曲がって高く地面に露出し、中は迷宮のようになっているのではないかな？ 私はいつも、中からきれいな毛皮の、人を噛んだりしない小さい動物が顔を出してきて、チョロチョロ走って来て川の水を飲み、頭をちょっと上げて対岸を寂しそうに眺めないかと想像してしまう。川岸に降りて、以前洗濯のときにいつも使っていた、水から半分顔を出した大きな石を見たが、今では寂し気に岸に投げ出されていた。私は袋にナイフをくるんで、その大きな石の下の隙間に押し込み、何も持たずにまた岸から上がり、林をゆっくり歩いて遊んだ。

でもまた少し歩いて思った。私が遠くに行っている間に川の水が突然溢れ出し、そして永遠に私のナイフと袋を流し去ってしまうんじゃないか……と。

林は傾斜していて、大小の池が低地のあちらこちらにあった。池の水は澄んでいたが、深くはなかった。池の中にはたくさんの魚がいて、全部細くて小さく、ずっと稚魚のままの大きさの魚たちだった。一群れ一群れ妖精のように揃ってすばしっこくかすめて行ったかと思うと、また急に、何か指令を受けたかのようにピタッと止まって、はっきりと一箇所に集まって同じ方向を向いていた。

水辺には美しい水草が群生していた。この種の水草は枝分かれはせず、水の中で細くきれいな束になっていた。私には、いつもそれが刺繍で描き出されたもので、なんとも言えないほど繊細な模様に見えた。

水の上に浮かぶ落ち葉は、まるで空気の真ん中に静止しているかのようだった。しかも水底にくっきりと影を落とし、影は四隅に光を漂わせていた。

水は一旦止まると、なんと言うのか――まるでとても「軽く」なって重さがなくなるようだった……。

静まり返った水は透明で、その美しさは水の上に影さえなく、水底に影があるだけだ。水底の草は、深く濃い碧玉色で、泥をかぶっていなかった。こんな水はその空間を満たしているのではなく、その空間を覆っているかのようで――まるで希薄な水か、または少し濃い空気に過ぎないもののように見えた。

それに対して流れる水は、たとえばこの池から数十歩離れたところにあるあの大きな川（カイアルトゥー川）は力強く、キラキラ明るい青さを湛え、滾々《こんこん》と昼夜休むことなく流れ続けた。

曇りの日には、この川は流れが少し緩やかになって、色も濃く緑色に近くなったように見えた。不思議なことに何日間かなぜかこの川が明るい銀灰色になることがあって、それは非常に寒々とした色に見えた。冬になるとこの激流も突如として静かになり、波の荒れ狂っていた水面に静かに平たい氷が張り、その上に厚い雪が積もった。川の両岸の村はつながって一つの村になり、子どもたちは学校に行くのも楽になり、何キロも迂回せずに済むようになった。

冬には、大橋のいちばん目の橋げたのところに、掘削されて大きな穴ができた。透き通った川は白い水蒸気を濛々と上げ、一波一波押し寄せた。私たちはそこで水を汲んだ。あちこちにいた牛たちも、長い列を作って一頭ずつ、狭い雪の道をその場所へ歩いていた。冬の間、水にありつけるのはここだけだった。

しかし今は秋だ。牛も羊も川辺に散らばり、熱心に草を食んでいる。川岸には収穫後の麦の切り株が黄金色に続き、地形に合わせて起伏していた。ある場所では野焼きが行われ、青い煙がゆらゆらと漂い、匂いを嗅ぐと、乾いたいい香りがした。私が煙の中を麦畑に向かって歩いているとき、キツツキの「コツコツコツ」と木を叩く音が高いところでこだました。見上げれば、麦畑の四方は白樺林でその梢の白と黄金色が深く青空に突き刺さっていた。

金色に輝く麦畑では、高くて立派なシベリア杉が一本、秋の空の真ん中に立っていた。その木だけが青々と夏の色を残していた。大地は黄金色で、遠い山の峰にはすでに白銀の雪が積もっていた。

私は一人で川辺を歩いた。ずっとあることを考えながら。そんなことは私には決して起きることはないのに、私は、まるで思い出のように、繰り返し想像し続けた。

一年前、橋頭には理髪店をやっている二人の姉妹がいた。一人は十五歳で、もう一人は十七歳だった。彼女たちは町からやって来た娘たちだったので、この辺りにいる女の子の中ではいちばんきれいで最もおしゃれだった。暇なとき、彼女たちもこの辺りの誰もいない小さな林を歩いていることがあった。ある日、二人が川辺を散歩していたとき、突然一人の若者が林の向こうの遠いところから彼女たちを呼んだ。お姉さんのほうはすぐに近寄って行き、男と一緒に橋のほうへ歩いて行き、見る見る間に、対岸へ行ってしまった。妹は川のこちら側でしばらく待って、また反対側の森に向かって長いこと叫んだ。でもお姉さんは二度と戻って来なかった。川の水は荒れ狂い、向こう岸の森は暗くて静かだった。妹は一人で家に帰り、何日も待ったが、結局荷物を整理し、理髪店を閉めて町へ戻っていった。この事件は橋頭で長いこと噂になり、さまざまなデマが飛び交った。「ある日一人の女の子が川辺で誰かに声をかけられて、それから二度と戻ってこなかった。」という部分だけが同じだった。

彼女は二度と戻らなかった。それからどうなったのか私たちには知る由もなく、彼女の身に何が起きたのか、川辺の林の中の秘密になった。でも、私は毎日林に行ったがなんにも出くわさなかった。私の身には決して起きることはない。私はずっと、何度も最後の情景を想像してみた。また何度も初めのところから想像してみた……川辺を歩けば歩くほどだんだんと家から遠くなり、私は引き返すしかなかった。

でも、その後、一度町に行ったとき、あの妹のほうに出会ったことがある。彼女は前と変わらず、きれいななりをして町を歩いていた。私は近くに寄って彼女に挨拶をし、お姉さんのことを聞きたいと思ったけれど、とうとう口に出せなかった。私はこの妹の指先にさくらんぼ色のマニユキアが丁寧に塗ってあるのに気づいた。そして、彼女の眼差しが光っているのも見た。彼女は興奮を抑えて、頭の上の小さいスカーフを見てと言った。私はそれを見てもちろんきれいねと言い、彼女はそれを聞いて満足そうにまたねと言った。

まるで橋頭ではいろいろなことが起きたみたいだった。私は川辺を歩いて、起きることのないことを想像した。遠くの火事とか、森林が自分自身の夢を叶えることとか——森って本来、なんと飢えた大きな火種なのか。森は燃えていないとき、希望に満ちた沈黙の中にある……私はまた、まだ行ったことのない村のダンスパーティーを想像した。そしてそのとき誰かが、私よりもっと寂しそうに道を急いでいる様子を想像した……また私のナイフとビニール袋が川の水に押し流されて遠く北氷洋に向かって流れて行く……こんなことを想像し続け、そしてあのお姉さんにばったり出くわす。彼女は前方の林から私に向かって歩いて来るのだ。

私はまた思う。橋頭で起こったことは私にはわかりようのないことばかりだ。そうなんだ。私が知っているのは、いまだかつて起きなかったことだけだ。そして最後にこう思う。実は秋は秋でなく、秋とは夏が努力して留めようとする時間のことではないのかと。

犬

私は夏の牧場で一匹の犬に出会った。その犬は渓谷の端から端まで私を追いかけて来た。私は怖くて腹も立った。そして、こう思った。私は大人なのに、女性とはいえ犬にさえ勝てないの？と。

そこで、また踵を返して逆にその犬を追いかけ、追いかけながら石を投げつけ、渓谷の向こう側から追いかけて戻って来た。それからというもの、この犬は私を見ると「ウー、ウー、ウー」と唸り、憎々しげな様子を見せながらも、私からは十歩離れたところをうろうろするばかりで近づいては来ず、私がちょっとでも動けば、慌てて逃げて、弱々しく遠吠えをした。

山の中でこんな憎たらしい犬を見たのはこれが初めてだった。どこの家の犬かわからないが、きっとこの犬を飼っている家の人もいつも意地悪なんじゃないだろうか。

山の中の犬は普通、性格のいい牧羊犬が多い。彼らは羊の群れについて南北を駆け巡り、四季に応じて牧場を移動し、夜はパオの近くで寝て、もっぱら狼よけとして飼われている。狼と闘えるほどではないが、危険が近づいたときには猛然と吠えて威嚇することはできる。

これらの犬は、犬といっても見た目が羊と似ている。全身が巻き毛で、体つきもモタモタしていて、目を釣り上げ、ラクダ隊にくっついて行った。性格はおとなしくてよく人に馴れ、やや臆病なところもある。私はこんな犬たちを飼ったこともないから、特に好きだということもない。その上、彼らは見た目がよくないし、しかもそんな犬の一匹が、うちの薪の上に干しておいた羊の肉を盗んだことがある。どの犬も見た目がほとんど同じで、私たちは、まったくどいつの仕業かわからないから、仕方なく犬とみれば追い払った。

牧羊犬は世界でいちばん頭がいい犬だと聞いても、周りを見回してみてこんな犬たちを見ると……まったく疑いたくなる。でもたぶん羊の番をする犬がみんな「牧羊犬」とは限らないのでは？「牧羊犬」というのも犬の種類の一つでおそらく数を数えることができ、一頭の羊がいなくなってもすぐ察知するようなタイプの犬。でも私には信じられない。

以前友だちが、羊の群れが川を渡るとき、犬がどのように番をするかということを話してくれたことがある。羊の先頭が川に入った後、続々と後ろの羊たちが続き、広い浅瀬の澄んだ水の中を静かに、おそるおそる前に進んで行く。牧羊犬は川の中央に立って、羊の群れを心配そうに見守り、絶えず振り返って対岸を見て、また向き直ってこちらの岸を見て、ずっと頭を動かして、まるで「羊を数えている」ように見えるのだそうだ。

その後、私たちは橋頭《チャオトウ》にやって来たのだが、あの辺の犬たちは全部普通の田舎の犬だ。数は人より多くてどこにでも幽霊みたいにうろついていた。

以前、橋頭には雲母鉱山の宿舎と営林場があり、労働者たちが住んでいた。雲母鉱山が閉山してからは労働者たちも全部引き上げてしまった。そしてしばらくして営林場の労働者たちも大挙して町に去って行ってしまった。彼らが残したものは一列一列にきちんと並んだ長屋と庭以外に、この群れをなす犬たちだ。そして、犬たちは捨てられた場所で二代目、三代目を生んできた。

犬たちは長年、人と上手くやってきて、しかもお腹をすかせていたため人になれていて、及び腰だった。橋頭では、大声で吠える気の荒い犬は見たことがない。

橋頭は巨大な廃墟で、そのずっと続く壊れた垣根は大地の上に分布しているというより、時間の中に並んでいるかのように見えた。まったく現実感がなかったが、秩序正しく並んだ壊れた廃墟だった。空はいつも真っ青に澄み、川は轟々と音を立てて流れて、寒かった。五月に入っても、木々は裸のままで緑の葉も生えてこなかった。

私はいつもたくさん着込んで、暖かくして、廃墟を一人でゆっくり歩いた。川岸は高く広く、轟音を立てて流れて行く水は重い寒気を含んで前方から流れ、風はビュービュー吹きすさんだ。歩いてずっと行くと、後ろにくっついて来る野犬がどんどん増えていった。ただしどんなに増えても極めて静かで、かつお互いに距離を保っていた。

廃墟の間に大きな空き地があり、製材所の木材が山積みになっていた。そのいちばん高いところに登って座ると犬たちもゆっくり集まって来た。私が少し不安を感じていると彼らは敏感に感づき遠慮し始めた。

犬たちは伏せの姿勢で這うように慎重に、ゆっくりゆっくり木材の山に近づいて来た。そして匍匐しながら私の顔色を窺い、まるで何かの試合の応援みたいに一生懸命尻尾を振って、「私は決してあなたを傷つけたりしません、あなただって私を傷つけないでくださいね。」というような表情だった。

今思えば、私自身の表情もおそらく同じだったのではないだろうか。彼らが近づいて来て、伏せをするのを待って、私はポケットから取り出した安物のフルーツキャンデーの包み紙をはがして、一粒ずつ投げた。犬たちは競わず、飴にありついた犬は食べ、ありつけなかった犬は引き続き待った。彼らはほとんど私を信用しきって、私がきっとみんなに投げてやるということを知っているようだった。

冬には犬を見ることはあまりなかった。大きめの犬たちはほとんど殺されてしまったのかもしれない。この辺りの男たちは、冬に犬を殺してその肉を食べることに熱中した。まったくげっそりする。うちのおかあさんは、「何を食べてもいいけど、犬肉と馬肉だけは食べちゃダメよ。それは人の肉を食べるのと同じなんだから。――犬と馬は人間の心がわかるからね。」とよく言った。

うちのおかあさんは犬が大好きで、けっこう時間をかけて彼らを観察して、私より犬のことはよくわかっていた。彼女の目の中では一匹の犬と別の犬の区別は、まるで一人の人ともう一人の人を見分けるのと同じだった。

たとえば、一匹の野良犬がおかあさんに近づいて来ると、私にこんなふうに紹介した。「これは新鮮な白菜の茎が好きな子で、毎日ゴミ捨て場で私を待ってるの。それからもう一匹、いつもあそこにいて、その犬は残りものが好きじゃないの。」

それからまたこう言った。「この犬が怒ったときは、耳がこんなふうに、後ろへ捻れるのよ。」

おかあさんは犬の二つの耳をつかんで後ろのほうへ捻った。そしてまた、「もちろん、風に向かって速いスピードで走ってもこういうふうになることもあるけど。そのときは同時に頭の上の毛も全部、後ろに向かって靡くの……。」と言って、犬の頭を両手でぎゅっと挟んで、後ろに向けて引っ張るから、犬の目は吊り上がってしまった。

「いつもは、この犬の尻尾はこんなふうに巻いていて、でも時々、こんなふうに巻くの。」おかあさんはまず尻尾をくるりと巻いて右へ向け、そしてまた尻尾を左に向けて巻いた。

その犬がじっと我慢していることが伝わってきた。おかあさんが説明し終え、手を緩めるのを待って、一目散に逃げ出した。遠くまで走って行ってやっと立ち止まってこちらを見た。

特に遊牧民たちが放牧が終わってアルタイの奥深い山の牧場からすっかりいなくなってしまうと、どのくらいのはぐれ犬たちが冬の寒さの中に取り残されてしまうのか。ああしたつがいになった犬たちは静かな森の中を楽しく追いかけ合い、不運が少しずつ近づいていることに気づいていなかった。彼らは野外でエサをとった経験に乏しいうえに、日一日と寒さが増してくるのだ……初雪が降り始め、そして二度目の雪が降り……誰一人いなくなり、いかなる助けも得られず、そしてわけがわからないまま死んでいくしかない！

秋の牧場を閉めて遊牧民たちが下山すると、必ず暇な男たちが車に乗ってやって来て山に入り、犬を捕獲する。そういう犬たちは荒れた山や、峰を歩き続け、突然遠くに人影を見つけ嬉しくてしきりに尻尾を振って駆け寄って行く。走って近づいてみると、棍棒でめった打ちされ、殺されてしまうのだ……山に入って犬を捕るのは、野生の生き物の狩りをするよりずっと簡単だから。

あるとき、私は木材を運ぶトラックに乗せてもらって山に入ったことがあった。行きはよかったが家に帰るときには車がなかったから、道端を長いこと歩き続けて、やっと一台のジープが通りかかった。車に乗っているのは誰一人知らない人で、こんな時間こんなところで、人に出くわしたから互いに驚いた。しばらくして運転手は道さえないような、聞いたこともないような変な場所に私を連れて行った。あのときは本当にちょっと怖くて、かといってみだりに聞く勇気もなかった。

後でわかったのだが、この人たちは急いで犬殺しの手伝いに行くところだったのだ。

彼らは一匹の犬を追いかけていた。でも、二日経っても捕まえることができなかった。その犬はとても頭がよくて、近づくことができなかったのだ。

「どうして逃げないの？」

「あいつの連れ合いを繋いでいるからだよ。」

もともと雄犬と雌犬の二匹を追いかけていたのだ。雌犬は捕まってしまったが、雄のほうは凶暴で誰も近づくことができなかった。そこで、雌犬を車に繋いで、おびき寄せようということだった。雄犬は一日中周りを回って遠巻きにこちらを眺めていたが、決して遠くへ行こうとはしなかった。夜こっそり来て雌犬と一緒に寝ることがあったが、見つかって足を一本折られてしまった。そんなことになっても、逃げて、もっと凶暴さが増し、まったく近づくことができなくなってしまったのだ。

彼らは雌犬をゆっくり引っ張って車を走らせるから、雄犬は後ろのほうでつかず離れず、二日ほどついてきていた。それでも捕まえられなかった。

私たちが目的地に到着したとき、その大きな雄犬はまだ少し離れた森の中からこちらを窺っていた。濃い色の毛の雌犬はジープの側で寝て、頭を前足の上に乗せて、表情はおとなしかった。

ご飯のとき、男たちは私にも食べ物を分けてくれたが、私は少しも食べる気がせず、人が見ていないとき、こっそり手で分けて雌犬に投げてやった。雌犬は相変わらず、うずくまったままで起き上がらずにちょっと首をもたげてこちらを見て、上手に口で受けて、パクリと飲み込んだ。そしてまた物憂げに頭を傾けて身を伏せた。

私は雄犬にもエサをやろうと思って気をつけながら、気がつかないふりを装って近づいて行った。その犬は遠くから私をじっと見て、少しずつ起き上がり、肩を落として、ウーと低く唸った。私はちょっと怖くなって、そこに留まり、手の中のマントウ（中国蒸しパン）を思いっきり投げて踵を返して急いでそこから逃げた。そして振り向いたとき、その犬はマントウのそばに寄って来て、頭を低くして銜えて行った。この犬は思った通り大きくて灰色の毛だった。

その結果、私の行動を男たちは見ていて、すぐに「いいこと」を思いついてしまった。彼らは私の真似をして犬にマントウを投げてやり、犬をおびき寄せようとした。まったく腹が立つったらない。でも、いいことには雄犬は頭がよくて、何か変だぞと気づいて男たちの投げるエサには見向きもしなかった。

私はまた走ってあの雌犬を見に行ったが、あまり長いこと見ていられなかった。なんとも言えず怖かったから。

それから男たちの運転する車の一台に用ができて、先に出発しなくてはならなかったので私は急いで追いかけた。

二日後、ある人がうちの店の裏で犬の皮を剝いで、大きな鍋を火にかけて肉を煮ていた。もう一日経って見に行ってみると、草の上には灰色の犬の皮と、目を見開いている犬の頭があった。男たちは結局獲物を手に入れたのだ。

私は毎日、家の裏の空き地を麦畑に沿って散歩した。冬のいちばん寒い日が来る前に、犬の皮はすでにぼろぼろになって、薄く、平べったく大地に埋め込まれ、犬の頭も消えていた。

私は今まで何か悪いことをしたことはない——それが慰めであるし、またそれが罪でもあった。

こう思うしかなかった。あれは憤怒の中に死んでいったもので、強烈な魂なのだと。この魂は植物にくっつけば、植物は花を咲かせ、魂が川の流れにくっつけば、川は流れを変え、美しい湾を作る……自然はいつも公平で、いつもすべての突出した感情を落ち着かせてくれる。

あんな生まれつき周りのすべての物に危害を与えるような、幸せでかつ捉えどころのない魂は、最初から終わりまで自分のすることが正しいかどうかよくわからないまま、平然と何も気にすることなく一生を終え、また少しの無念さや恨みを残すこともなく永遠に消えていく。世界に波瀾を起こすこともなく。

そうであってほしい。

子羊を懐にいれた老人

太陽は完全に山々の間に沈んでしまったが、空の色はかえって明るく透明だった。私たちは散歩に出かけ、川岸に沿って二キロほど行くと、辺りの風景はだんだんと暗くなってきたため、帰ることにした。

渓谷の対岸は鬱蒼とした森で、川の水は清く、川幅は広く、前のほうから氷のように身を切る冷たい水蒸気がこちらにジワジワと漂ってきた。地平線には一日中白かった月が懸かり、すでに黄金色に変わり、山々の深い奥へと沈んで行こうとしていた。

そんなとき、子羊が鳴き叫ぶ声が遠くから聞こえてきた。もの凄い鳴き声で何かを嫌がっている声だった。私たちはしばらく立ち止まって耳を澄ませた。おかあさんは「もしかしたら近くで、子羊が迷子になっているのかもしれないね。行ってみようよ。」と言った。

私たちは声のするほうへと向かって、川岸にある大きな高い石に上り、深い草原を抜けた。その辺一帯は沼地だったから私たちは気をつけて回り道をした。

すると遠くから一人のおばあさんがやって来て、近づいてやっと声の出どころが彼女の懐の中からだとわかった。道理で子羊の鳴き声がなんとも奇妙だったわけだ。抱かれているのが嫌だったのだ。そのおばあさんはまるで幼児を抱くみたいに子羊を立て抱きにし、一方の手を羊のお腹に当て、一方の手で羊のお尻を支えていた。子羊は嫌がって鳴き、ずっともがいていた。だからこのおばあさんは、姿勢を替え、羊を背中に担いで、一方の手は肩に回して小さい前足を握り、もう一方の手で後ろ足をつかんで、まるでリュックサックのように子羊を負ぶった。これでおばあさんはずいぶん楽になったようだが、かわいそうな羊ちゃんのほうはもっと苦しい体勢になってしまい、鳴き方ももっと不満をぶちまけるような鳴き声になっていた。

私たちは笑い出してしまった。この背が高くて頑強なおばあさんは私たちの知り合いだった。うちの店にしょっちゅう買い物に来てくれる、唯一のウイグル人のおばあさんだった。

「どうしたの、それ……。」

「ああ、これ？　この仔のおかあさんがね、どっか行っちゃったもんだからね、ほら、こんなに鳴いてんの。」とおばあさんはニコニコして答えた。

私たちは心の中で、「どう見てもおばあさんが羊を鳴かせてるでしょう。」と思ったが、黙っていた。そして、二言三言交わしてさよならを言った。

この沼地を出てからも、子羊がメェメェ鳴く声は遠くからしっかりとこだまして聞こえてきた。振り向くと空はすでに真っ暗で、わずかにおばあさんの花柄のスカートが深い草むらの中で揺れているのが見えた。おばあさんが頭に巻いた緑色のスカーフはすでに暗闇と同化していた。

冬になると私たちの店でいちばん売れるのは、なんと哺乳瓶のゴムの乳首で、ほぼ毎日売れた。

でも橋頭《チャオトウ》には二〜三の小さい村があるだけで、住んでいるのも百軒程度だったから、本当に変だった。それでうちのおかあさんが自慢げに出した結論は二つだった。一つはこの地方の計画出産がうまくいっていないということ。二つ目は、この辺りの赤ちゃんの歯が生えるのが早くて、噛んですぐダメにしちゃうということ。

実はまったくそういうことではなかった。この辺りの人たちがゴムの乳首を買って行くのは、子羊にお乳をあげるためだった。

冬生まれの子羊は、春生まれの子羊より育てにくい。冬は寒くて、母羊と外で動き回ることができないから、体がとても弱くて、大部分は人工飼育するしかなかった。だから冬になると、どこの家でも生まれてくる子羊の寝床として、段ボール箱を用意しなくてはならなかったから、よく子どもたちに、うちの店へ段ボールを取りに来させていた。冬の子羊がたくさん生まれた家のドアを開けるとすぐにオンドルの壁のところに段ボールの箱が並んでいて、その箱の一つずつから小さい羊の頭がのぞいていた。

子羊たちは本当に可愛かった。羊たちは人と同じようにきれいな目をして、長い長いまつげをしていた。もし子ヤギだったら、額にちょっと前髪もあった。口はピンク色で柔らかくて、体もフカフカで、温もりがあったから、誰もが胸に抱っこしたり、チュッとキスしたりしたかった。この辺りの女の子たちは冬になると友だちの家に行くのに、自分の家の子羊を抱いて行った。（まるで町の女の子たちがペットの犬を抱っこして町をブラつくみたいに。）彼女たちの体からはやさしく清らかな乙女の気が漂い、子どものように楽しそうにワーワーきゃあきゃあ言いながらおしゃべりをした。子羊たちはフカフカでおとなしくご主人様のいい香りのする腕の中でお互いに見つめ合っていた。その情景を見ると、記憶の中の一冬に微笑みだけが残っていく。

ある晩、テーブルを囲んでご飯を食べていると、分厚い綿布のドアカーテンをごそごそさせて誰かが入って来ようとした。「誰?」と聞いても答えはなかったから、近寄ってドアカーテンを引き上げて見ると、誰もいなくて足元で何かが動いていた。なんと銀灰色の一頭の子羊がうちのおかあさんの足の下をすり抜け、壁に沿って、ヒョコヒョコ入って来て、ストーブのところまでやって来たのだ。そして体を震わせ、体の上の雪を払い落とし、勝手知ったる我が家のように台所に入り、まな板の下の白菜を引っ張りだして、むしゃむしゃ食べ始めた。

この様子に怒る人はいないでしょう。たとえ白菜が最後の一個しか残っていなくても。

そこで、私たちは、この子羊のご主人様が迎えに来るまで、白菜の葉を少しちぎって食べさせた。

あるとき、外出中に雪のくぼみの中で一頭拾ったことがある。ぶるぶる震え、丸く縮こまっていたから、家に抱いて帰り、持ち主が探しに来るまで育てていた。

長い冬の間、子羊に関するちょっとした出来事があると、気持ちは温かく鮮やかなものになった。

うちでも一頭の羊を飼ったことがある。でもそのとき、私は家に住んでいなかったので、家に帰ったときには羊はすでに大きくなっていて、そんなに面白くもなくなっていた。でもきっと小さいときはとっても可愛かったはずだ。だってそうじゃなかったらうちのおかあさんが、羊をそんなに甘やかして育てるはずがないもの。うちの羊は驚いたことに草を食べずに、麦とトウモロコシしか食べなかった。草を食べない羊なんて聞いたことある?

うちのおかあさんは、「人間じゃなくてよかったよ。そうじゃなかったら手に負えなくなってたね。」と言った。

その羊は、うちの店の裏側の窓の下の囲いの中で飼われていた。いつもは静かだったが、いったん店で物音がすると、喉も裂けんばかりに鳴いた。それだけでなく、二本の前足を出窓にかけ、口をガラス窓に張り付けて物悲しい表情をしたので、買い物に来るお客さんは何か私たちが羊をいじめでもしたかのように、みんなが来ては「羊にちょっと食べるものでもあげたらどう?」と怒った。

ところが、お客が帰ってしまうと、羊はまた静かになり、出窓から飛び降り、おとなしく自分の囲いの中に身を伏せた。おかあさんは窓を開け、羊の鼻を指差して、「お前ったら!」と言うけれど、その穢れのない瞳と目が合うと、仕方なく、青草がいっぱい入ったエサ入れにまたふたつかみのトウモロコシくずを入れてしまうのだった。そして「今に見なさいよ、いつかお前を食べちゃうからね!」と言った。

夏の牧場では、私たちは野山を駆け回り、牧場を移動する遊牧民の一行について行った。こうした長々と続くラクダのキャラバンには大小の家財道具が載せられ、隊列の前後には羊の群れが続き、土埃を立てて動いて行った。

遊牧民はこうした移動生活を築百年の家に住むよりもっと安定したものとして続けてきた。そして彼らが平然と移動する道すがら、懐には生まれたばかりの子羊を入れているので、母羊はピッタリと馬の鞍のそばから離れず、自分の子どもに向かって絶えずメエメェと鳴いていた。母羊たちは隊列の中でいちばん不安でいちばん怒っている仲間だった。それでも、こういう情景は一家の完璧な一枚の絵に見えた。

生まれたばかりの子羊と生れたばかりの赤ちゃんはよく一緒に、彩鮮やかな揺りかごの中に入れられ、ラクダの背の片側にかけられていた。ラクダがそばを通るとき、揺りかごの上にかけられた毛布をめくってみると、二つの小さな頭を一緒にのぞかせた。

それからもう一人子羊を抱いていたおばあさんがいた。死にそうなほど年を取っていたが、懐の中には生まれたばかりの小羊がいて、まだ小さくて弱々しかった。おばあさんの着ているものは破れていたけれど、表情は静かだった。足元には母羊の流した血の跡があり、それは小羊の命の息吹でもあった。おばあさんは川辺で汚れた手を洗おうとしていた。川は氷が解け始め轟々と流れていた。春はもうすぐやって来るのだ。

私はずっと考えている。遊牧地域の子羊はきっと他の地方の子羊よりも幸せなんじゃないだろうかと。豊かで喜びに溢れた命を持っているんじゃないかと思う。少なくとも私が知っている羊たちは、遊牧民が言うには、食べ物として存在しているだけでなく、それよりもっと「孤独でない」ために存在しているようだった。

あの善良で、希望があって、温かみがあって、忍耐強い……私が感じることのできるこうしたすべての子羊にある美徳が、ことばにできない方法で集まり、野山に沁みわたり、至るところに存在している。

私は、こんな生活が変化を迫られるとは思わないし、こんな生活様式がいつの日か消滅してしまうなんて思いたくなかった。

赤い大地で

ゴビ砂漠で

ゴビ砂漠には一列に並んだ家並があった。私たちは不思議なことにそこに移り住んだ。私が話したいのは、ドアを押して外へ出ると前も後ろも茫漠としたゴビ砂漠なんてところにどうして住もうとしたのかってこと。

私たちの他に、この家並には右左に全部で四軒のお隣さんがあって、全部うちのような小さい店だった。家はきちんと建てられ、高くて広く、屋根には屋根用フェルトが敷かれ、それにコールタールが塗ってあったからとても丈夫で、雪が溶けても滲みてくることはなかった。

この家の内外はセメントと石灰が塗られていたが、壁はレンガではなく泥レンガで埋められていた。なんと言っても、ここに並んでいる家々は、この辺りでも、いちばんきれいでいちばんきちんとした店構えだった。(しかも私たちが今まで住んだどんな家よりよかった。)ウルングル川の下流五キロの道端に小さな村があって、そこに小さな穀物店があったが、その店はねじれていて、壁には斜めに歪んだドアが取り付けられ、ドアの両側には高いの、低いの、大きいの、小さいのと、いくつかの真っ暗な窓の穴があった。

その村の西のはずれにはハミティの小さな雑貨屋もあった。庭もボロボロで、家屋は基礎部に沈み込んでいた。だから頭を下げてやっと中に入れた。中に入るとすぐ「階段」を降りなくてはならなかった。壁の根元も虫食いでやられ、軒下の壁も雨水で横一文字に穴が開き、東側から西へ凹んでいた。

ゴビ砂漠で家を建てるならまったく風水など気にする必要がなかった。四方どこもどこまでも広がっていてどこへ行こうと同じだった。だからウルングル川一帯の大部分の家々はどれも東に一軒、西に一軒と適当に建てられていて、遠くから見ても凸凹で揃っていなかった。村の幹部たちの悩みの種のようだったが、新農村の建設は難しく、どんなに計画的に進めようとしても、どんなに区画整理しようとしてもでこぼこな線にしかならなかった。

荒野の「紅土地《ホントゥティ》※（赤い大地）」では、土の家と土の家の間に、土の壁と鉄条網と、棘のある低木で囲まれた広大な庭と、氷に覆われた牧草地があり、遥か遠くまで連なっていた。大部分は白い炭酸ソーダが滲んだ荒涼としたゴビ砂漠で、所々、起伏する砂丘と小さい灌木の茂みになっていた。

ウルングル川は田舎の公道の南一キロのところにあり、この公道と平行に西に向かって流れて、最後にはウルングル湖に流れ込んでいた。そこでは湖畔に沿って葦の群生が見渡す限り波打ち、白鳥が湖辺を低く飛び、湖心の小さい島にはたくさんのカモメが住みつき、野鴨の群れが葦の原の中で「ガー、ガー」と鳴いていた。

※〝赤い大地〟という意味だが、すでに地名となっている。

でもこの平坦で開放的な大地に立つと、川は見えず、水の気配がしなかった。四方はすべて荒涼とした砂漠で、川は谷底の低いところにはめ込まれ流れていた。川岸に近づけば水の音だけが聞こえたが、何も見えなかった。——川の中心と川岸にまばらに林があった。

川の流れはますます細くなり、この一帯には三つの農村と七〜八つの牧畜業の村があり、それぞれ遠く近く、両岸に分布し、農地と牧草地に大量の水を引き入れていた。農民たちは主に小麦とインゲンとひまわりを栽培していて、遊牧民たちはここを秋の牧場として、冬の牧場に移る前にちょっとした足休めをし、家畜が冬を越すための飼料の牧草を植えていた。秋も深くなると、そういう遊牧民の老人や、学校に行く子どもたちは体を休めたり、学校に通うためにここに残る。（こうした遊牧民のための学校は一年に冬の一学期だけ開校される。）男と一部の女たちは引き続き羊の群れを追って南下して行き、ゴビ砂漠の中心に達する頃に春になり、雪が溶けると、次はまた北上して来るのだ。

私たちは紅土地に引っ越す前に、ここに来たいとずっと憧れていた。なぜならいつも人々が「退牧還林※」政策が行われると噂していたから。つまり、将来多くの遊牧民たちが、遊牧をやめてこの紅土地に定住するはずだと踏んでいた。でも噂はやっぱり噂に過ぎず、本当かどうかは確かではなかった。そこで、ここで長いこと暮らし、やっと引っ越すことができるようになったおじいさんに、紅土地のどのあたりで商売をやるのがいいかと聞いたら、おじいさんはすぐさま自分の家を勧め、そこが最もいい場所だと言った。おじいさんは数年いて、どれだけのお金を儲けたか話してくれた。私たちは当然信じなかった。おじいさんはどう見てもお金持ちには見えなかったからだ。当時、おじいさんはうちの店で使い捨てライターを買うのにどれにしようか、しばらく迷って、液体がいちばんたくさん詰まったライターを選んで、その上、長く使えるようにと炎を大豆の大きさほどに調節した。

でも二か月後、私たちはやっぱり彼を探し出して、彼の家を買い取った。おじいさんの申し出た価格が魅力的だったし、私たちもちょうど足りるぐらいのお金を持っていたし、しかも私たちはこの様子に詳しくなかったからだ。

こうして、私たちはこの紅土地にやって来たのだ。

私はその頃、家にいなかった。ウルムチに働き口を探しに出ていた。毎日アルバイトをしていた作業所で、誰か私に会いに来てくれないかと待っていたけれど、誰も現れることはなかった。だから待ちながら時間があれば、大都市というものを知りたくて街をあちこち歩いて回った。でも、仕事はやっぱりなく、最後には仕方なく家に戻ることにした。

途中で一度家に帰ったことがある。社長が二日だけしか休みをくれなかったので戦争みたいに慌ただしかった。朝早くウルムチの長距離バスターミナルを出発し、うちのおかあさんが紙に書いてくれた言いつけに従い、何度か乗り換え、深夜やっと家に着いた。三~四時間寝たかと思うと、二日目の早朝、新疆時間で四時半だったが、運転手がクラクションを鳴らして人をせかせるから、真っ暗な中をまた車に乗り、途中でぼうっとしながらまた何度か乗り換え、とっぷりと日が暮れてから

※牧草地を林に戻すこと。

何が何だかわからないうちに、またウルムチの長距離バスターミナルに着いた。

それ以後、長いこと、私は巨大な機械の前に座って流れ作業をしていると、しばしば五時間も十時間も、あの日の真っ暗な中でのことを想像した。つまり、うちの家は一体どこだったのか。家は一体どんな様子だったのか、と。

それからしばらくして、私は家に戻ることに決めた。そこで私は稼いだお金を全部はたいて、街でどっさり品物を買って、いちばん大きなビニールの編み袋より二サイズ大きな袋に上手に詰め込んだ。その大きさに帰り道では、どの車の運転手も私に対して怒ったり不満を言ったりし、あと二人分のチケット代をもらったっていいはずだと言った。でも幸いなことに最終的には取られることはなかった。私はそのばかデカイ荷物を街の歩道に張った氷の上を引きずって歩いていたので、前から歩いて来る見知らぬ人さえ、私に一言言わずにはおれないようだった。

「もしもし、娘さん、あんたのカバン小さ過ぎだよ。もうちょっと大きくして……いっそのことあんた自身を詰め込んだらいいいんじゃないの……。」

私は国道ルート二百七十キロの里程標のところで長距離バスを降りた。そこからは寂しげな未舗装の土道が国道から枝分かれし、雪の荒野までひょろひょろと伸びていた。私は「完全にもうひとサイズ大きくてもいい」袋の番をしながらしゃがみ込んで、交差点で車を待った。長いこと待って、四方を見渡すと、国道は白と黒のまだらで、空と大地は白かった。誰もいない。車も少しだけで、私の前を通って行く車はみんな驚いて速度を緩め、なんなのかを見届けてからまたアクセルを踏んで去って行った。あの運転手たちはたぶん、まず私の荷物を見つけて、その後その側にしゃがんでいる私を見つけたのだろう……私の視界の中で、世界は空っぽで、何もなかった。彼らの視界の中でも世界には何もなく、ただ大きな荷物だけが見えただろう。

家まで後どのくらいあるのだろう。空はまだ明るかったから、私はその大きな荷物を雪道から引きずり下ろして帰りたかった。そこで荷物を公道の路盤から引きずり下ろし、雪の中の土の田舎道を西に向かって三十分位引っ張って行き、汗だくになった。このとき、後ろのほうからオンボロなジープがやって来て私の近くで止まった。三人の男たちが手伝ってくれ、荷物を車の上に乗せて縛って落ちないようにしてくれた。他に二人いて、私の側に立って私に文句を言った。私は自分が悪いことを百も承知だったから、反抗する気にもなれなかった。車に乗ると、力がへたへたと抜けた。これで本当に家に帰れるのだ。私は後ろの席で二時間ほど揺られながら、こらえきれず、涙を流した。

うちのおかあさんは紅土地の家では、多くの得意技を見せていた。その中の一つが、家のドアのところを壁収納に改造することだった。もともと、私たちが買い取った家は二軒で並んでいたが、家同士はつながっておらず、それぞれに出口があった。うちのおかあさんはこの二軒の壁に穴をあけ、小さいドアを取り付け、東の家のドアを釘付けして塞いだ。こうして、二つの独立した家が、一つの家になった。この辺りの家の壁は五十センチ位の厚さがあって、保温のためにドアも普通は中と外に二重になっていた。つまり二枚のドアの間には大きな空間ができた。うちのおかあさんは釘で打ち付けた側のドアに三枚の板を渡した。こうして壁収納ができた。しかも、一つひとつが格子になっていたから、ドアを開けると直接中に物を入れることができた。

近所の人たちはみんな見に来て、見るなりこれはいいアイディアだと、みんな家に帰って真似をした。私たちのこの横一列に並んだ家々はこんなふうに壁収納を作った。

私たちはいつも壁収納に、きちんとたたんだ衣類などを入れておいたが、そこの室外は木のドア板一枚だけだったから、とても寒かった。そこに衣類などを置いておくと零度以下に下がった。一着一着が氷のように硬くなって、取り出して振ってみるとガサガサと音がした。着たい服があるときは、先に取り出しておいて、ストーブの前でしばらく乾かしてからやっと着ることができた。

紅土地は実際、非常に寒かった。真冬の夜はいつも零下三十度位に下がり、トイレに行くときは小走りで走って、小走りで戻らなくてはならなかった。（それ以外に、紅土地にはトイレはなかった。）行くときは着込んだ服は柔らかいが、戻って来るときは（たったの数分なのに）凍りついて硬くなり（純綿や毛糸の洋服でなければ）、袖は摩擦で歩く道すがら「チャチャチャチャ」と音を立てた。肘を振り、太ももを上げるともっと「ガサゴソ」と鳴り続けた。

紅土地の冬でもっとも苦痛なことはきっと水汲みかもしれない。でも、叔父さんが来てからというもの何年も私とおかあさんは水汲みに行ったことがなかった。

水は川辺で汲むが、その川はうちから二キロも遠いところにあった。叔父さんは二日にいっぺん、完全武装して、川辺の身を切るような北風と寒気をついて水を汲みに行き、家へ担いで帰ってきて飲み水にした。水の使用は、洗濯や、洗面、食器洗い用の水は、隣の家のアルカリ性の井戸から運んでくるか、雪を溶かした水を利用した。水汲みは容易ではなかったから、洗面器一杯の水を何通りにも利用した。食器を洗った水はニワトリのエサを混ぜ、顔を洗った水で足を洗い、洋服を洗い、そして床を洗った。

　この一帯で言うなら、水運びが安定して上手なのはやっぱりうちの叔父さんだった。あんなに遠くの道を帰ってきても、二つの桶に満々と、澄んだ水が入っていた。もし他の娘さんや奥さんなら、たとえ氷の塊が浮かんでいてこぼれるのを防いだとしても、家に帰るとほとんどが溢れて桶には半分ほどしか残っていなかった。もっと感動的なのは、この辺りでは、男の人で水汲みをするのはおそらく叔父さん一人だけだった。他の男たちは死んでもこんな「家事」はやろうとしなかった。

　でも、「三九四九氷上を歩く」※と言われる、川にも氷の張る頃になると、川には誰もいなかった。そこは風が強く、本当に寒過ぎて、あんな寒さに耐えられる人はほとんどいなかった。我が家だけ雷に打たれようが屈することなく川に水を汲みに行った。そんなときにも、うちの叔父さんはいつも水を汲みに行ってくれ、担ぎ棒と桶以外にも斧を持って行った。だって叔父さん以外に氷を割る人はいなかったから、いつも前回割ったところはすでにくっついて厚くしっかりと氷が張っていた。いちばん寒い日だと、叔父さんが足を踏ん張り、やぁっと斧を振り下ろしても氷の上に小さな白い跡しか残らなかった。

　他の人たちは、冬は井戸のアルカリ水を飲んでいた。その水は塩辛い上に苦く、アルカリ度が怖いほど高かった。この水で洗った衣類などを干しておくと、服の水が垂れる裾のほうに白い塩の跡

※冬至から九日区切りで数え、三〜四回目の九日間。一年で最も寒い時期。

ができた。

幸いなことに、当地の人が入れる黒茶やミルクティーにはもともと塩を入れるからアルカリの水で煮たお茶はそれほど変な味にならなかったが、私たちにはダメだった。私たちはお粥を毎日食べるので、アルカリの水で炊いたご飯はやわらくなるのが早かったが、でも塩辛いお粥はどうしても食べ慣れなかった……。

でもアルカリ性が高いからこそ私たちはその水を洗面や手洗い、洗濯物に使い、石鹸をかなり節約できた。

うちの叔父さんは本当になんでもできる人だった。叔父さんはこの辺りで唯一の水を汲む男性であっただけでなく、この辺りで唯一のミシンが踏める男性だった。店に買い物にくる奥さんたちは皆、うちのおかあさんはこんな洋裁も靴の修理もできる男の人を見つけて幸せだと褒めそやした。（うちの叔父さんの店での主な仕事は靴の修理だった。）その後、奥さんたちはあるとき、うちの叔父さんが編機の前に座ってジャーッジャーッと引っ張れば、セーターさえ編めることを知って、ますますすごいとなった。そしてまたしばらくして、家の内側に壁収納を作った。他の家では壁収納を作るのは、大工さんに来てもらわなくてはならないが、うちはそのお金を使うのが惜しかったから、おかあさんが設計して、叔父さんが施工した。また二人は、私たちが以前、山でテントを張るときに使ったトタンを二つに切って、木枠の上に被せて、半分に分け仕切りを作り、前のほうで店をやり、後ろでご飯を作り、寝たりできるようにした。こうして野次馬のおばあさんや奥さんたちの目はいよいよ羨望と嫉妬の眼差しになり……洋裁、そして靴修理ができ、それからセーターが編めて、大工仕事もできる。まったく万能だ、本当にうちのおかあさんは幸せ者だ、と。

うちの妹もなかなか働き者だった。家を作るためにレンガや瓦をどこからか持ってきてくれた。時間があると、川へ行って棘のある低木を拾って来るから、今やうちの裏に高く高く積み上がっている。この調子だと来年暖かくなったとき、家の裏に小さな庭を作って、何羽かのニワトリを飼い、野菜なんかを植えることができる。この灌木の棘は長くて硬いから多くの人が庭の柵の隙間などに積んで牛や羊の侵入を防ぐのだ。

おかあさんも毎日よく働いた。店のカウンターに立ち、裁縫をし、セーターを編み、朝から晩まで働いた。私だけが怠け者で、何もしたくなかった。だって私は町の仕事から帰ってきたばかりだったから、休憩しているってわけだった。

当地の人たちはこの地方を「アクハラ」と呼んだ。（字面の意味では、「白と黒」という意味だった。）私たちは漢族の呼び方に従ってもう一つの名前「紅土地」と呼んだ。赤い大地！　この名前はなんと味わい深いのだろう。私は雪が解けるのを待って、この大地が本当に天の際まで暗紅色になるのか見たいと思った。

冬の紅土地は、一面真っ白で、川辺の林だけが白黒のまだらだった。遠くに連なる山々は白と黒で、空は白かった。近辺に散在する家や庭はもっとひとかたまりの白で、一つひとつの窓だけが黒く見えた。

原野も白く、原野の中を貫く道も白だった。でも原野はうつろな白で、道だけが何度も踏み固められ陶器のように光り、輝く白だった。私はいつもモコモコに着込んで、雪の原野をゆっくりと歩いた。野鳩が林の間をザワザワっと飛び立ち、雪が舞った。川面にポツンと開けられたばかりの穴もすぐ凍りついていき、林は雪が深く、うちの叔父さんが歩いた足跡が一つひとつ深く雪の上に残っていた。見たところ、叔父さん以外に本当に誰も来たことがないようだった。

私は帰ろうとして、また河岸を歩き、高い原野に戻って行った。そして雪に覆われた下にある大地が本当に鮮やかに輝く暖かな赤い色なのかと想像し続けた。

妹の恋

アクハラでは、うちの妹を好きになる若者が大勢いた。そのたびごとに私は嫉妬でメラメラした。どうして私が十八歳のときにはこんなにモテなかったのだろう?

うちの妹はちょうど十八歳になったばかりで、すでに、はちきれそうなほどで、もとの柔らかくて薄い髪の毛は、いっぺんに真っ黒に光り、摑んでみると手の中にいっぱいになった。妹はこれまで遠くに出かけたことがなかったし、特に学校にも行ったこともなかったのでちょっととろくて、一日中にこにこ笑うこと、懸命に働くことだけしか知らなかった。考え方も単純で、十五～六歳位の子どもみたいで、虹を見つけると走って追いかけて行くような子だった。

こんな子でも、時がくれば恋をするようになるのだ。盧《ルー》家の息子が毎日オートバイに乗ってトウモロコシ摘みや、ひまわりの種の収穫の誘いに来て、夜になると妹を家に送ってきた。こんな仕事はやったところでガソリン代にもならないのに。

盧家の若者は妹より二歳年上でちょうど二十歳だった。色が黒くて痩せっぽちで背は高くないものの、元気で、話し出すと筋が通っていた。うちのおかあさんは顔には出さなかったが嬉しさを隠しきれない様子だった。聞くところによると、この子は妹を好きになったすべての若者の中でいちばん条件がよかった。家には二百頭の羊と十数頭の牛、十数頭の馬、そして大きな庭もあった。その上、川の上流の村に粉挽の店も持っていて、それから二台の四輪のトラクターも所有していた。他にも種蒔き機とか、刈り取り機だの、あれやこれやの器具がみんな揃っていた。その上、広大な飼料用の牧草地があり、今年は豊作で車数台分の草を収穫し、庭はいい匂いが満ちて、まったくもってすばらしい！　冬にはきっと儲かるでしょう。しかもこの若者には溶接技術もあったから、冬だってぶらぶら遊んでなんかいないし、町に行って鉱物選別工場か何かでアルバイトするはずで、勤勉で安心できた……聞いてると私だっていいなと思うし、まったく妹に代わって嫁に行きたいくらいだった。

でも以上のことは盧家のおじいちゃんが言っていたことで、おじいちゃんは言い終わると羊の後ろ足肉を一本置いて、とても謙虚なそぶりで帰って行った。うちのおかあさんはこっそりくっついて偵察に行き、戻ってきて口をへの字にして、「何が二百頭の羊よ、私がしばらく数えたけど多くても百二十〜百三十頭ってとこだったわ……。」と話した。

それでもこの家の息子なら条件はやはり悪くない。盧家から二本目の羊のモモ肉が届いてからというもの、婚約のことは十中八九決まったようなものだった。

うちの妹は十歳になって以来まったく学校に行っていなかった。背は高くなくて、ぽちゃぽちゃと太っていた。盧家の若者とつきあい始める前は村の工事現場で働き、一日中、砂をふるいにかけ、セメントを混ぜたり、レンガを積んだり、地固めなどをやっていた。夜が明けるとすぐに仕事に行き、暗くなって何も見えなくなってやっと家に戻ってきた。一日働いて稼げるのは三十元※だった。毎日髪を振りみだし、埃だらけになって、運動靴の両方にはそれぞれ穴が三つあいていた。髪の毛も白黒まだらになり、パタパタはたくと土埃が出てきた。十回も叩いて、土埃がやっと収まった。

それから妹はそんな場所で肉体労働することはなくなり、盧家に直接働きに行くことになった。トウモロコシの皮をむいたり、ひまわりの種を採ったりといった仕事だ。そうすることで一方では盧家の人たちとも親しくなるし、また一方で盧家から去年うちが借りた、小麦のフスマとトウモロコシくずの返済に充てることができた。

もちろん、当事者の妹は聞かされていなかったので、何も知らなかった。私たちもそんなことおくびにも出さなかった。だって、去年の今頃、ある人が妹に結婚話を持って来たが、私たちも妹は日々成長していくのだから、うまくいくかどうかは別として、彼女も知っておいたほうがいいと思い話をした。その結果、妹は驚いたのなんのって、一冬中外へ出ようとしなくなり、出かけるには頬被りをして小走りで出かけるようになった。

だから今年は一切を秘密裏に行うことにした。まず、求婚に来た人たちを一度ふるいにかけて、性格や、年齢、家の条件などを細かく検討し、何人かの逃してはならない男性だけを残した。それからいろいろと計画して偶然にみせかけ、彼らが自分たちで交流し合って、誰が妹とうまくいくか

※日本円で四百五十円程度。

で決めたらいいと考えた。

全ての若者の中で、廬家の息子がもっとも熱心に妹を追いかけ回し、顔を出すのもいちばんで、いちばん恥ずかしがりもせず、しかもオートバイをいちばんピカピカに磨いていた。そこでうちのみんなは最後に彼に傾いていった。私たちは毎日順番に妹の目の前でため息をついてみせた。もしまだ廬さんにフスマ代の借りが返せないなら、この冬はどうやって越したらいいの……と。うちの妹は、家のためだと毎日、暗いうちから廬さんの家に働きに行き、二人分の働きをした。そうして廬家の年寄りから若者までみんなを喜ばせた。妹はこの辺では有名な働き者だったが、ここまでやるとは思わなかった。本当に天からの大きな贈り物だ……


私たちが住んでいる場所は、ウルングル川一帯でたった一つか二つの漢民族の村で、他の村は全部カザフの村か遊牧民の半定住の村だった。若い男がお嫁さんをもらうのは大変で、お金がある家でさえ難しかった。なぜならそこにいる若い女の子たちは一生こんな辺鄙で貧しいところで暮らすのは嫌だから、なんとか町に嫁に行きたいと思っていたから。その上、町のお嬢さんたちの誰がこんな場所に嫁に来ようというだろうか。アルカリ性の塩水、砂嵐、蚊、荒涼としていて寂しく、酷暑と厳冬が交代でやって来る。夏は三十～四十度にもなり、冬は零下三十～四十度に下がる。外へ出て見れば、ゴビ砂漠といくつかの砂漠だけだ。どんな女の子がこんな場所で一生を送りたいと思うだろうか。

うちの妹はその点まったく逆で、死んでも外地へ行こうとはせず、一歩でも動かすと死んでしまうとでも思っているかのようだった。今年の春、私たちはある人に頼んで妹をチャクートゥという小さな町に行って仕事をさせることにした。チャクートゥは国道にそって数十キロのところにあり、ウルングル川一帯でいちばん賑やかな町だと言える。ところが、妹ったら、あんな人が多い場所はうるさくて嫌だと二日も経たないうちに舞い戻ってきた。

しかもうちの妹はあれだけ働き者で、ニワトリがたくさんいたあの年、ニワトリにやる草を全部彼女一人で集めて来るほどだった。妹はいつも午後のお日様がぎらぎらと照りつけるのを厭わず出て行き、夕方になって涼しくなってやっと家に戻ってきた。あの、豚よりも大食いの百羽のニワトリたちを草だけで立派に育ててあげたのだ。他にも、うちには二メートルの深さのトイレと、三〜四メートルの深さの地下穴があったが、これも彼女が一人で掘り上げた。家の三度の食事も彼女が作った。時間があると、袋を下げて公道に沿って、行ったり来たり、運転手さんたちが窓からぽいっと捨てるミネラルウォーターのペットボトルやプルトップの空き缶なんかを全部拾い集めて家に帰って来るのだ。うちの辺りでは、ペットボトルは、一キロは八角※で売れた。空き缶は一個二角だった。

春の種まき、秋の収穫の農繁期には、近所のどの家でも人手が足りず、みんながまず思いつくのは妹だった。そんなとき、うちの妹は毎日大きな風干しの羊肉の塊をもらって帰ってきた。今年の秋はダメだ。彼女に手伝ってもらいたいとやって来る人、一人ひとりが残念がって帰るしかなかった。

※一角は十分の一元、日本円で一・五元。

十七歳と十八歳は一年しか違わないが、その差は大きかった。去年はまだ屈強で多感な少女が、今年はいっぺんに知恵がついたみたいだった。このことは、私たちはしっかりと内緒にしていたが、彼女自身が何かに勘づいたようで、反応さえあった。二日目、盧家の息子が迎えに来る前、妹が穴が三つ空いた運動靴を脱いで、新しい革靴を履いているのを私は見つけた。妹は言いわけするように「ええっと、昨日汗をたくさんかいたから……あの靴は湿っちゃったから……だから、湿っちゃって。」と言ってごまかした。

三日目になると、またあの埃だらけの運動着を空色の上着に着替えていた。仕事に行くのにどうして新しい服を着て行くの！　と思ったけど私は何も言わずに黙っていた。妹自身も私に口出しして欲しくなさそうだった。

はたくと埃が出ていた髪の毛も丁寧に洗い、ご飯の支度や石炭をくべるときなども、気をつけて頭をスカーフで巻き、田んぼで働くときさえ巻くのを忘れなかった。

彼女の髪は伸びるのがとても早く、夏は暑いからと自分で短くカチャカチャと容赦なく切って、まるで犬に噛まれたようだったのに、今では、私のところにわざわざ切ってと頼みに来るようになった。

まぁ、なんと言ったらいいのか。つまり盧さんちの息子はすごい、ってこと！

盧家のおじいさんはもともと川の上流の漢民族の村の村長だったそうだ。その後、お金を稼ぐために、村長を務める時間がなくなってしまったらしい。この一帯で最も頭のいい一人だと言える。それについてはいろんな噂が証明してくれる。そんなに狡猾な性格の人のところに本来なら安心して妹を嫁にやれない。でもまた考え直してみると、私たちのいる小さい場所で、うまい汁を吸うといったってどれだけのことができるってわけ？　みんなつまりは真面目に働いて日々を送る人ばかりだ。大都市みたいに、頭がよければ何を考えているかわからなくなってすぐ人を傷つけるというようなことはない。

うちの妹ったら真面目でお人よし、いつもは特に友達というほどの人もいなくて、盧家の息子のように大事に扱ってもらう体験はまったく人生始まって以来のことだ。魅かれないわけがなかった。考えても見ると、こんなにもすぐに人に騙されてしまうなんて、うちの妹も実際とてもかわいそうだ。もし私だったら、少なくとも九九八十一の難関を越させないと……でもまた考え直すと……なるほど、だから私は今になっても……ね。

我が家は家を建ててからもずっと電気を引いていなかった。夜は早々にご飯を食べてからロウソクを一吹きして、戸締りをしたらすぐ寝てしまう。でもあの盧家の息子が行動を起こし始めてから、私たちはみんなおつきあいをし、毎晩遅くなって、彼を送って行った。このことについてうちのおばあちゃんはとても腹を立て、ロウソクがもったいないとぶつぶつ文句を言い続けた。

妹のことについておばあちゃんも何も知らなかった。だって年寄りは口が軽いから、みんな妹を騙すとき、ついでにおばあちゃんも騙すことにしたのだ。

でもおばあちゃんはなんて頭がいいのだろう。すでに九十何歳かになるけれど、頭がぼけていない。だから盧家の息子が三日にあげずいつも同じ時間にやって来るようになってから、かえって落ち着き払って行動を起こさなかった。盧家の息子がいとまごいをし始めるとおばあちゃんはわざとらしく引き止めた。彼が帰ってしまうのを待って、足を洗いながら、メガネをかけて妹を横目で見ながら「なんで昼間来ないのかねぇ。日中に来れば、私だって顔がはっきりとよく見えるっていうのに……。」と言った。

今までのところ我が家でたった一人反対しているのは瓊瑶《チョンヤオ》だけだった。瓊瑶はうちで飼っている大きな犬で、アクハラで唯一の人を噛む犬だった。異常なほど凶暴だったから盧くんがやって来るときは、毎晩裏口から入って来なくてはならなかった。でも裏口からでも瓊瑶を騙せなくて、盧くんが入って来ると瓊瑶は窓のところに飛びついて、ガラスに顔をぴったりとくっつけ、怒って白い牙を剥き出して吠えるから唾液でガラス全体がベタついてしまうほどだった。また窓を前足で叩き、頭をぶつけて鉄の鎖が今にも切れてしまいそうだった。外側の窓の石灰を塗ったばかりの壁にも、犬の爪で大きくて深いキズ跡が平行についた。

チビ犬の賽虎《サイフー》は内弁慶で、小さい子どもには一日中吠え回ったが、盧くんがまもなくドアを開けて入って来そうなのを見ると遠くから吠えたて、尻尾を丸めて飛ぶように隣の家に隠れた。

逆に盧くんは賽虎を逃がさず、(きっと彼自身特に理由もなしに、一日中我が家に座り込んで、家の人みんなと顔を合わせ、ロウソクの火が消えるのを待ってるって……ちょっとバカみたいだと思ったのだろう。)うちに入って来るや賽虎を追いかけ回して、犬を自分の足下に座らせようとした。

賽虎のほうはびびってしまい、首を縮こめ、尻尾を丸め、ビクビクしながら、四つの足だけはピンとつっぱっていた。盧くんは上から犬の耳を掴み、その耳を上に高く引っ張り上げた。左に引っ張ると、耳は揃って左に傾き、後ろ側に引っ張ると、手を放してしばらくしても耳は前へ戻らなかった。ほとほと疲れるだろうね。盧くんが犬を相手にしなくなり、帰って行きだいぶ経ってからも、賽虎は盧くんが座っていた椅子から離れようとせず、耳もそのまま後ろに向けて、四つの足でまっすぐしっかりと立っていた。

うちのみんなはロウソクを囲んで笑いながら、賽虎がまるで木彫の犬みたいに人になされるままなのを見ていた。彼と私たちの間に特に面白い話題もなかったけれど、なんだか楽しかった。

みんながそれぞれ自分の仕事をしに行ってしまい、部屋に彼ら二人だけになると、妹は自由になって自分から盧くんに話しかけたりした。二人はそれぞれ小さい丸椅子に座って、面と向かって部屋の真ん中に座り、だんだんとおしゃべりも活発になっていくと、なぜか声はどんどん小さくなっていくので……まったく怪しい。まったく今まで、妹がこんなに嬉しそうなのを見たことがなく、私は興味津々だった。私は我慢できずに、部屋の中にある漬物の甕を片付けに来たふりをして、側に行って一言二言盗み聞きをした。その結果、彼らがヒソヒソ話している内容はなんと「今年一畝《ムー》の土地からどれだけ小麦が収穫できた？　……コンバインは一時間にどのくらいガソリン代がかかるの？　……陳《チェン》さんちの年取った豚がお産をしたの？　何匹？　……馬とロバとどちらがたくさんエサを食べるの？　馬を飼うのとロバを飼うのとでは、どっちが割りがいい？　……。」といった内容だった。

盧くんがいなくなったのを見計らって、私たちは盧家からもらった羊の骨を齧り、今年の商売にため息をついた。その上、恥知らずにも妹にどうやって他の男性からの追求をかわすか、それからどうして彼らの求婚を拒まなくてはならないかを教えてやった。

「今の男の子たちは本当に悪いのよ。たとえば陳さんちの子とか、あの日、聞いたんだけど……あっ、そうだ思い出した、川下の呉順児《ウーシュンアル》の家の次男はどうしてあんなに太ってんの？　十八歳であんなに太るなんてまったく、チッ、どこの家の娘があんな奴をいいって思うというのかしら。本当に恥ずかしいわね。」

妹はニコニコ笑ってパクパクご飯をかきこむと、まったくそうだというふりをしながら、一言も答えなかった。でも、次に陳さんや呉《ウー》さん家の人が下心を持って妹にジャガイモ掘りを頼みに来たとき、妹は上手にとりなしながら盧君のことを持ち出して断ってしまった。少しの望みもなくなってかわいそうな陳さん家の息子と、呉さん家の次男。

アクハラで恋に落ちるなんてなんと素晴らしいんだろう！　特に秋は、一年の仕事の忙しさがほぼ終わり、長くて暇な冬が比べようもなく魅惑的にもゆっくりとやって来る……そこで追いかけるほうは追いかけ、期待するほうは期待して待ち……働き者の四肢はかくも若くて健康的で、こんな体と体が寄り添えば、同じ青空の下、青空の高いところの風と、雲があっと言う間に走って行ってしまうようなもの。肉体の外にある大地は広くて静かだ。

大地の上には木が一本一本離れてお互いを見つめ合って立っている。夕日が差し込んでくると、それぞれの木は向き合って立ち、すべてのことを打ち明ける。話し終わると木の上のカラスたちは一斉に飛び立ち、空へと広がる……遥かなるアクハラ、ウルングル川は三十分ほど流れて行ってしまう。人は数十年生きれば死に、ほとんど絶望的に他のどんな可能性もなくなるのだ。世界は静かにあえぎ、瞳と魂を閉じる……でも、種さえこの大地に残れば、必ず芽を出してくる。人は青春に至ると孤独を感じ、必ず欲望が芽生える。どんな理由もなく、いかなる目的もなく。

妹はそんなふうに恋をした。若くて無一文のとき、急いで相手を探して彼らは一緒になった。あぁ、なんと幸せなんだろう！

うふふ、私といえば、こんなに年季が入った娘になってしまったが、それでもしょっちゅう道路工事隊の職工たちが服を繕ってほしいという名目で近寄って来る。公道を歩いていれば、走ってきた車も必ず止まって、いっしょに下流の沼地に魚を取りに行かないかと私に声をかけてくる。

これが、アクハラなのだ。

草を摘む

うちの自転車に残っているのは二つの車輪と一つのサドル、ハンドルと、この三つのものをつなぐ連結物だけだった。ペダルさえなかった。もしどうしても踏むものを「ペダル」と呼ぶなら、かなり無理があった。もし自転車についていなかったら、きっと誰もそれが何かはわからなかっただろう。

ブレーキに至っては、もっと贅沢品だった。だからブレーキをかける必要があるときは、ただ足を伸ばして、飛ぶように回転する車輪を「ズー」っと靴底で止めれば、自転車は自然と減速した。もし緊急のときは、両足一緒にやればよかった。

私が話しているこの自転車は我が家の状況で言えばまだいいほうの自転車だった。もう一台の自転車なんて、五百メートルも漕げば、降りてチェーンを装着しなくてはならない。その上、チェーンが外れてしまわないよう、いつも気をつけていなくてはならなかった。

あるとき、妹がこの自転車に乗ってずっと漕いでいてチェーンが外れてしまったことがある。しかも外れてはいちばんいけないときだった。そのとき、私たちは二匹の犬に狂ったように追いかけられていたのだ。

私は今まであんな凶暴な犬に遭ったことがなかった。アクハラで、最も最も凶暴な犬と言えばうちの犬の瓊瑶《チョンヤオ》だったけれど、この二匹の犬に比べると瓊瑶なんてまったく可愛かった。

この二匹の犬を飼っている人は村を出て、一人で公道の近くに住んでいたが、何をしている人かは知らなかった。あまりまともなことをしている人とは思えなかった。そうでなかったら飼っている犬がこんなに……異常なはずないでしょう……。

まるで私たちのことを、三十年前の仇を見つけたかのように、あるいはまるで私たちが犬を焼き殺したとでも思っているかのような、憤怒で全身逆毛立て、牙は私たちと目が合った瞬間、二倍以上に白く光った。

私は、なぜ人がいつも犬の牙をお守りにして持っているのかやっとわかった。一匹の犬の表現できる最も強烈な感情と恨みは、すべてあの下あごにある二本の牙を通して放出されるということ。もしあの二本の、鋭利で空に向かって突き出ている大きな白い牙がなかったら、犬の吠える表情は人に微笑んでいるような感じを与えてしまうかもしれない。

その上、暴風雨のような吠え声は、まったくなんと形容したらいいのか。でも、そんなことを考えている場合じゃない、妹の自転車のチェーンが外れてしまったのだ。彼女は「きゃー」と叫んで、私も一緒に「きゃー」と悲鳴をあげた。このとき、妹は一旦倒れてしまい、あの二匹の犬が飛びかかってきた……私は肝を潰して卒倒しそうだった。振り返って妹を見て、無意識のうちにすぐさまハンドルを彼女のほうに向けると、思いがけず一匹の犬が横から飛び込んできて、私の自転車に前足を引っかけてきた。自転車はすごい勢いで曲がり、犬は肩透かしを食らって、自転車はよろよろと動き、もう少しのところで倒れそうになった。

もう一度妹のほうを見ると――奇跡だ！　さっきあきらかに妹の自転車のチェーンからカチャカチャと外れた音が聞こえたけれど、倒れた勢いでか元に戻ったようだった。妹は自転車に乗り、二本の脚で素早く自転車を漕ぎ、無表情で汗をだらだらかいていた。

彼女の自転車には小山のような干し草が載せられていたから、おかげで犬に引っ掻かれずに済んだのだ。草が落ちたとしても、誰が拾いに戻る気になるの？

家ではニワトリを飼っていたが飼い始めると百羽以上になり、しかも五羽の野鴨もいた。小さいときは世話もしやすかったが、大きくなるとまったく強盗たちと一緒にいるようなものだった。妹は毎日二つの大きなビニールの編み袋いっぱいにタンポポを引っこ抜いて帰って来て、ニワトリたちに食べさせた。ニワトリたちが小さいときは細かく切って食べさせ、大きくなってからは少し粗めに切り、もっと大きくなってからは、直接ひとつかみずつ投げてやった。

その上、二頭の小さいロバも飼うつもりにしていた。そうすれば、冬が来ても人が水桶を担がなくてもいいし、車を引かせて遠くの川から水を運んでくることもできる。そうなると草をもっと頑張って抜いてこなくてはならない。毎日取って来た草の一部は乾かして、冬のロバのエサとして残しておくことにした。

一年に一度の草刈りの季節には、遊牧民たちは深い山からウルングル川の流域に次々に戻ってきて、定住の大型家畜のための冬の飼料の草を準備し始める。一台一台草刈りの馬車が草をいっぱい載せてユッサユッサと戻って行く。

うちには飼料用牧草地がないので、仕方なく牧草地に行って他の人が刈って残った草を拾って来た。他にも草刈りの車が通り過ぎるところには、沿道の木の枝に引っかかって落ちた草も多少あった。だから妹は毎日草刈りの馬車の轍に沿って、前に草が落ちていると後から後から拾って歩いた。

犬に追いかけられたあのとき、私も一緒に草を拾っていた。道にはやはり両側の木の枝に引っかかった草がたくさんあって、拾ったものを合わせると何抱えもあったので、道端の灌木の茂みに隠しておいてまた帰り道に集めて帰ろうと思っていた。

川を渡って、短い並木道を行くと、片側は海のように広がるトウモロコシ畑で、もう一方は鉄条網で囲まれた牧草地だった。

右手に折れてトウモロコシ畑の近くの小道に入ろうとして、自転車を木陰に止め、私たちは舗装されていない小道に沿って草を拾い始めた。草刈りの馬車はいつも草を高く高く積み上げ、しかも車の両側からもいっぱい突き出していて、まるで小山のようで、馬車を走らせる人でさえ、その深みにはまって見えないくらいだった。こんなに多くの草が､道にひとつかみ落ちたり､木の枝に引っかかったりしたって、彼らは当然気にもかけなかった。

風が強くなって、高いところでヒューヒューと唸った。トウモロコシ畑はまるで密林のように茂り、人の頭の高さを超え、また大海原のように波打っていた。小道はこの大海原の中を孤独に耐えながらまっすぐに伸びていた。だからこの道を通るのは、まるで歩きながら消えていくような感覚だった。世界のすべてが巨大な風の音になり、私のスカートとチョッキはハタハタと膨らんで、髪を縛ったゴムひもがいつの間にか外れて乱れ髪が顔にかかってきた。むき出しになっている両肩と首には小さな擦り傷ができ、両手も血だらけだった。

私たちは草を一抱え拾うごとに、それを一箇所に集めておいた。そして手ぶらで、前へ進んで拾い続けた。こうすれば進んで行きながら草の山ができるし、ずっと遠くまで進んで行けた。

日の光は燦々と輝いているのに、雨が降ってきた。私たちは空を見上げてしばらく見ていたが一片の雲も浮かんでいなかった。まったく不思議だった。雨はどこからやって来るのか。大地は開けていて、真っ青な空も広々として荘厳なほどだった。雨は急ぐように、あまりにも突然、地面を打ち、五角銅銭くらいの雨粒は、顔に当たると夢みたいに痛かった。一体雨はどこからやって来るのか。雨脚はシトシトから、ザーッと降ってきたかと思うと、小止みになり、強まったり弱まったりした。私たちはもとのところに立ったまま、長いこと見上げていたがまったくわけがわからなかった。

風は空の上から勢いよく吹いてきて、トウモロコシ畑もザワザワと揺れ続けた。後で考えたのだけれど、あれはきっと風が遠くから連れてきた雨だったのではないだろうか。

五百メートルほど行った後、小道はトウモロコシ畑の終わりまで来て視界が開けてきた。眼前は一面草刈りを終えた後の牧草地で、遠くはウルングル川北岸の赤い高原が見え、川は底の見えない谷川に落ち込んでいた。木のまばらな林を通して一面に葦の生い茂るのが見え、白くぼうっとした中に金色の光が見えた。あそこはおそらく小さな湖か沼なのだろう。雨は時々降っては止み、そしてどんどん強くなってきた。焼けるような暑さで風の勢いも弱まることはなかった。

十分位過ぎた頃だったと思う、この不思議な雨が止んだ。小道についた雨の跡は一瞬のうちに蒸発し、小さな輪っか型の穴がたくさん残った。それはまるで月面のクレーターのように静まり返っていた。草を刈ってから、この道は長いこと誰も通ったことがないのだろう。

私たちは道の突き当たりにある鉄条網をくぐって、刈ったあとの牧草地に入った。牧草地はすっかり刈り取られ、辺り一面が切り株だらけで、野ネズミがちょろちょろ走り、急に立ち止まって、前方の何かを見ているのが見えた。ここにはクズ草がもっとたくさんあって、棘のある灌木の茂みや鉄条網の上の、道がカーブした場所など、落ちた草を拾える場所がたくさんあった。私たちは休むことなく、右左、腰をかがめて拾うと、草はすぐに腰の高さにまで積まれていった。

こんなにたくさんの草をどうやって持って帰ったものかしら。私はその側に立って、考え込んで妹に「四回に分けて一人一抱えずつ持って帰れば、二回で運び終わるよね……。」と言った。

妹はそこに立って、ちょっと考えたかと思うと、腰をかがめて、その草の束を全部抱えて持って行ってしまった……。

私はただ彼女の後について行くしかなく、途中彼女が落としたクズ草を拾い歩いた。

私たちが前に草を置いておいたところまで来て、彼女はやっとそれを下ろした。私は道に沿って積んでおいた草を一つひとつ集め、そして縄を取り出して、草の束の真ん中のところで縛ってすぐ解けるようにした。二人で縄の両端をそれぞれ持って、一生懸命に引っ張り、その草の束をぎゅうぎゅう結ぶと、人の背丈の半分ほどの高さになり、幅は一メートル位になった。二人で一緒に持ち上げて、自転車のところまで行くのにしばらくかかった。

私の自転車は女性用の小さい自転車で、妹が乗っているのは、かの「二八」式の男性用の黒い自転車だった。だから草の束は彼女の後ろの座席に乗せることにした。持ってきた縄では足りなかったので、私はまたあちこちを探して、用水路の側で長い長い有刺鉄線を拾った。錆びてはいたが丈夫だった。しっかり縛って草束を揺らしてみたが、けっこう安定していた。これからの道は比較的平らなのでおそらく大した問題はないだろうと思った。（結果、あの凶暴な犬にもかき落とされることはなかった。）

本日の任務を終わりにするのは早いので、私たちは一人ひとつ編み袋を提げて並木道の向こう側の畑に新鮮な草を取りに行くことにし、さっき集めた草は冬のために取っておくことにした。うちのニワトリたちは、今日の晩ご飯を待っていた。

タンポポはニワトリのエサになったし、ウマゴヤシもエサになった。その他の葉っぱが大きくて厚みがあって水分が多い植物もニワトリたちのエサになった。でもそんなに好きでないことは見るだけでわかった。他の草がなくなってからでないと、彼らは怒ってこの草を食べなかった。私はこの種の草は見た目も悪いし、棘も多く、抜くときあんなに手こずって、手は汁でびしょびしょになるし、すぐに黒ずんで、洗っても落ちず、臭かったからあまり抜く気にはならなかった。

でもこの季節になると、タンポポはとうが立ち、のびて硬くなるし、しかも見つけにくかった。私が見つけられないだけかもしれないけど、なぜか妹は少しの時間で袋の半分ほどの草を取るのに、私は数本しか見つけられなかった。仕方がない、あの見た目の悪い草を抜くしかなかった。あれはどこにでもあるので、短い時間で袋がいっぱいになった。

私がいちばん好きなのはタンポポだった。長くてギザギザの葉っぱで平べったく放射状に大地の上に生え、綿毛の付いた茎もまっすぐで青々している。抜くときは、葉っぱをしっかり握って抜いて軽く振ると、根っこまで引き抜くことができた。その上、全部抜いて手の中に入れると、それらは手の中でまだ嬉しそうに成長を続けているみたいに重みがあって、美しい花さえ咲かせているものままであった。

風は依然として強かったけれど、こんな天気だと蚊もいなくてよかった。強風の中では、蚊みたいな小さな羽では飛び回ることができないのだ。

私たちのところでは、蚊の類の小さな虫がたくさんいるので、出かけるときには耳や目などに綿を詰めておかなくてはならなかった。なぜかわからないが、虫はいつも耳の中に入って来るのが好きで、入ってきた途端、一生懸命に羽をバタバタさせ、出られないと死にそうなほど慌てる。

ハエの多さにも閉口した。私たちは家のあちこちに、大体幅五センチ、長さ八十センチ位のハエ取り紙を吊るしておいた。両面が強力にベタベタしていて、二日しないうちに、一枚のハエ取り紙にびっしりついて、真っ黒になって部屋の中に吊り下がっていたから気持ち悪かった。

荒野はもっと怖かった。叢にいる蚊はまるで雲のようで、一団になって漂い、必ずどれもブンブンと重低音を響かせていた。

出かけさえすれば、たとえ人がどこを歩こうとも、頭の上にはひとかたまりの「ブヨ」が追っかけてきて放してくれなかった。ブヨも一説によれば蚊の仲間だそうだが、とても小さいために防ぎようがなかった。

だから、風が強い日は幸いと言ったのはこのこと。大地と空の間は強い風に何度も洗われ、きれいになった。空気も爽やかになり、まるでキラリと光る線が引かれているかのようだった。スカートは風をはらみ、風は私を前へと運び、目の前の世界も前へ前へと進んでいった。色彩は古くて心地よく、その画面は今思い出したあの場面と同じだった。遠くの広々とした原野には一本の木が振り向いて遠くを眺めていた。

雁の一群が北から南へ並んで飛んで行った。この大風の中で唯一こともなげに。彼らのあんな静かな飛翔を見ていると、まるで天空のスクリーンを通して別の世界を見ているような感じがして胸がいっぱいになって、空を見上げたまま泣きたくなった。

気がつけば前は運河で、運河の両側の湿潤な土地にはびっしりと小さな灌木が生えていた。そして秋の黄金色の野原の間を灌木の緑色が横切っていた。妹は足が長いので、ひと跨ぎで越えたが、私は生真面目に運河に沿って上流のほうへ三百メートルも行ってやっと渡れる場所を見つけて安全に渡るしかなかった。向こうに渡ると、妹の袋はすでにいっぱいになっていた。妹は私が草を抜くのを手伝ってくれ、あまり経たないうちに私の袋もいっぱいになった。まったく合わせる顔がない。実はいつもの私の仕事振りはなかなかのものなのだ。でもどうしてか草取りだけはダメなのだ。まったく。

私たちは一人一袋かついでもと来た道を戻った。向かい風がこの一面の美しい田畑を吹き抜けた。遠くの並木道はまるで百年も待っていてくれた景色のようだった。そこに私たちの自転車が止めてあって、私はその自転車の部品の一つひとつを知り尽くしていた。一つになっているが、時間の中でやがて、それらがバラバラになって散らばっているのが見える気がした。

家に戻るとおかあさんが感心して「今日はこんなに取って来たの。二人でやるとまったく違うわねぇ。」と言った。

私も素直に認めて、「ううん、私は応援に行っただけ。」と言った。


ニワトリが草を食べる様子についてちょっと話をすると、このニワトリたちはまるで借金の取立てみたいに、青筋を立てて、上を下へと潜り込み、ジャンプするから、五羽のかわいそうなアヒルたちは、もみくちゃになり、餌場に全然近寄れなかった。一羽のアヒルが餌場に出てみたが、エサを食べ始める前に前後左右が全部ニワトリだったから、驚いたのなんのって、くわぁ〜と叫んで逃げ出し、あちこち走り回って仲間を探した。アヒルがどうしてこんなにニワトリを怖がるのかわからない。だってアヒルはどう見てもニワトリより大きいもの。

このニワトリたちは本当に意地悪で小さいときから人を突いたり、小さなくちばしで人の脚の肉を啄むので、かなりの力を出さない限り、ニワトリたちのくちばしを振り切ることができなかった。しかも毎回、肉をチョイッと啄まれるから痛くてたまらなかった。

ニワトリたちはくちばしが尖ってるから、エサをいちいち選り好みして食べることができた。私たちが草の刻んだのにフスマを混ぜると、ニワトリたちはその草の刻んだのだけをきれいに拾って食べ、餌場の中にはフスマだけが残ってしまった。

おいしくないものに当たると、一口銜《くわ》え、頭を振って、また一口銜え、また頭を振って全部遠くへ振り飛ばした。目に入らなくなればいいってわけだ。

アヒルは不思議なぐらいおバカさんだった。毎度、ニワトリたちがお腹がいっぱいになってきて余裕が出てくると、餌場のほうにのろのろやって来た。しかも努力して気にしていないフリを装いながら、ひとたび何か起きると慌てて一列になって逃げ出した。

まだいい、アヒルたちは、やはり独自の優れた点を持っている。まず首が比較的長いから、餌場の中でニワトリたちが届かないところまで首を伸ばせる。（エサを足すとき便利なように、餌場の半分はニワトリ小屋のほうにあり、半分は外に出ていた。）他にもくちばしの幅が広いから「ガバーッ」といっぺんにお腹の中へ吸い込むことができる。ニワトリたちみたいに「コッコッコ」と何度も啄む必要がない。

実は、アヒルたちにも時々本当にうんざりさせられた。私たちは水飲み場としてニワトリ小屋に小さい盥《たらい》を置いていた。いつも水をいっぱいにすると、アヒルたちはこの小さな水溜りに飛び込んでぐるぐると何度か泳ぐのが病みつきになっていた。遊びたければ遊んでもいいけれど、彼らのダッシュの速さといったらね。

また時には、この小さな盥になんと三～四羽のアヒルが飛び込んで小さな盥がギューギューになった。明らかに動こうにも動けなくなっているのに、体をねじってまるで泳いでいるフリをした。おかげで、ニワトリたちは盥の周りを囲んで一口も水が飲めなかった。

アヒルのいちばん面白いところは、うちのおかあさんが「アヒル！」と呼ぶと彼らは、「ガー」

と一声答える。おかあさんが「アヒル、アヒル！」と二度呼ぶと、彼らもまた「ガー、ガー」と鳴く。おかあさんが「アヒル、アヒル、アヒル！」と三回言うと、彼らもまた「ガー、ガー、ガー！」と鳴いた。

金魚

　金魚以外にも、うちではうさぎ、ドジョウ、野鴨、雁、亀、タニシ、鳩、羊、イワシャコ、呱啦鶏《クワラジー》、トビネズミ、リス、尻尾のないハツカネズミ、キジバト、いろんな色の猫と犬、数え切れないニワトリ、アヒル、鵞鳥……家の前にいる様々な鳥たちだって全部我が家で育てたのだ。彼らは私たちがそこに撒いたエサを食べた後、一羽ずつ飛び去って行くけれど、また次の日には戻って来るんだもの。

　こんな調子だから、うちではいつも引っ越しをするときは、まるで動物園の引っ越しみたいで、騒がしさは尋常じゃなかった。実は、うちはしょっちゅう引っ越したので、金魚を飼うのに適しているわけがなかった。金魚みたいなものは静かな環境で飼われるべきで、姿も落ち着きつき払っておっとりしている。もっとも有各な金魚は、お金持ちの家の天井の空いた中庭の石池の中にいて、池が苔むすにつれ、三代あるいは何世代もの記憶に引き継がれ、百年経っても変わらないものだ。だがうちの金魚といえば、口に出すのさえ気がひけるぐらい——彼らはうちのおかあさんの調教の下、落ち着きなく上下に泳ぎ回り、大騒ぎして、一分たりとも静かにしていなかった。

うちのおかあさんがいちばん好きなことといったら、金魚を水の中からすくい上げ、ゆっくり遊ぶことだ。そして十分遊んだらまた放してやる。それからニコニコ笑って、魚が体を水の中で斜めにして、しばらくしてやっと息を吹き返すのを見ている。金魚は突然何かを思い出したかのように、さっと翻り、水槽の内壁に沿って一周二周と素早く泳ぎ回る。これで遠くに逃げたぞと思っているみたいに。

うちのおかあさんはいつも、大きな水槽の傍らに座ってセーターを編んだ。編んでいるうちに、ふと針を抜き取って水の中に入れてかき回し、金魚を追いかけて放さなかった。かわいそうな金魚が疲れて水に浮かぶまで止めないのだ。

それから、うちのおかあさんは魚をまるで豚を飼うかのように育てた。だから、うちで死んだ魚はみんな「食べ過ぎ死」だった……おかあさんはなんでも魚に食べさせた。生き残った魚は次第に頭がよくなって、何を食べるべきか、何を食べてはいけないか、いつ食べるか、もう食べなくてもいいか、自分たちではっきりと悟ったようで一匹ずつ強くなっていった。

うちでは他にも、熱帯魚を飼ったことがある。これらの小動物たちはウルムチから何週間もかけて紅土地《ホントゥティ》まで連れてきたのだが、実際大変だった……魚も車酔いするのだ。もともと、おかあさんは何種類もの熱帯魚を持って帰って来たが、家に着くまで生きていたのは二種類の熱帯魚だけだった。そしてその二種類の魚を金魚の水槽に投げ込んだとき、またすうっと一種類の魚が浮いてきた。だから結局たった一種類の「孔雀」という名前の魚だけが残ったが、いちばん安くて愛想のないやつだった。

熱帯魚は当然熱帯で生活している。でも私たちが住んでいたのは寒帯で、外は凍えるような土地柄、一年の中で冬が長く半年も続く。うちのおかあさんはいろいろと彼らのために環境を整えたり、温度計も買ってきて水槽に差し込んでいつも寝る前に水槽の上に洋服でカバーし、毛布でふさぎ、まくらを載せたりした。懐に入れて寝るんじゃないかと思えるほどだった。

そうしてもやっぱり魚は死んでしまった。

どうして死んだかって?

……熱過ぎて死んだみたいだ……。

あのときの引っ越しでは、凍てつくような引っ越し先の家に着くなりすぐにストーブをおこし、それから魚を懐から出してきて、(凍るのを心配して、ビニール袋に水を満たし、熱帯魚を入れて口を縛っていた。) 水を替えたばかりの水槽に入れ、それを高々といちばん暖かいところに置いた。つまりブリキのペチカの上に置いたのだ。それからそのことを忘れてしまい、鉄のストーブは真っ赤に燃え、それにつながっているブリキの壁の上もグラグラ沸いて、水槽の水は蒸気がもくもく……魚はすっかり煮え切ってしまった……。

我が家が引っ越すときは、近くならまだましで、多くの場合、着いてみたら金魚の水槽に薄氷が張っているぐらいだった。もし遠い場所に引っ越す場合は、金魚たちには、口を縛った小さいビニール袋の中に入って十数時間、我慢してもらわなくてはならなかった。幸いにも多くの場合、魚たちはこの試練を無事通過した。うちではたくさんの金魚を飼っていたから、最後に残った金魚たちは本当に丈夫で死ぬことはなかった。まったく一匹一匹ゴムマリみたいに育って、叩いても殴っても投げても、壊しても、跳ね返って元の形に戻るみたいだった。

しかも、死にかけのやつさえ生き返らせる方法があった。

ある特に寒い日、早起きをして、水槽の上の毛布をどかしてみると、水面に薄く氷が張り、全部の魚が体を斜めにして水底であっぷあっぷしながら、今にも死にそうだった。私たちは急いで水を換え一匹一匹金魚を救い出して、それぞれ小さいお椀に隔離して一匹ずつ飼った。夜になると、ほとんどの魚が息を吹き返してきたが、一匹だけお腹を見せてひっくり返っていた。一目見ただけでもうダメだとわかった。私たちは辛くて、その金魚を死なせたくなかった。いつもはこの魚はいちばん威張っていて言うことを聞かなかったとはいえ。

しかし、その後、その魚の口が少し動いているのに気がつき、おかあさんは二本の指で魚をつまみ、もう一つの手の爪で軽く金魚のエラをめくった。魚の人工呼吸はこうすればいいと思ったらしい。しばらくそうしてから、小さくてきれいな水の入ったビニール袋に金魚を放り込み、口をしっかりと縛った。そして大事そうに乳房の谷間に押し込み、ブラジャーで固定した。それからしばらくベッドに半分横になり、じっとしたまま動かなかった。夜中そんなふうにしていたら、なんとその魚もやっぱり息を吹き返したのだ。

そうだ！　以前も同じようなことがあり、そのときもこんな方法で、おかあさんは卵を孵化させようとしたこともあった。

おかあさんってせっかちで、たとえば、野菜を植えるにしても、種を埋めてから、三日にあげず、掘り返して、芽が出たかどうか、どのくらい伸びたか、根っこはしっかり張ってきたか、どのくらい深くなったかと繰り返し見に行く。うちの年取ったメンドリが卵を温めているときも心配して、メンドリのお尻をどかしてみたかと思うと、いくらも経たないうちにまたどかして見るからメンドリさえイライラしてしまった。それから、ヒナは一羽一羽殻をやぶって、生まれたてのほやほやであちらこちらを興味深そうに動き回ったが、一個だけまだ出てこなかった。一日かかっても、また夜を過ぎても、その卵だけ、もとのまま静かでなんの動きもなかった。おかあさんは焦って、中が一体どうなっているのか、卵を割ってみようとした。私たちは、全力でそんな行為を阻止しようとしたが失敗に終わった。私たちは目を見開いて、おかあさんが卵の殻の角をちょっと割っているのを見た。思った通り、彼女はやってはいけないことをしたことがわかった。その卵は発育の遅い卵で中はすでにヒヨコの形が形成されていたが、とても弱くて、卵の膜を通して、そのヒヨコの小さいくちばしが、力なく動いていた。目は半開きで、まばらの羽毛は濡れていた。しかも、その半透明な体の中の器官が微かに動いているのも見えた。まったくかわいそうに。本来ならあと二日もすれば元気にこの世に出て来ることができたのに。おかあさんは間違ったことをしたと自分で気づき、こっそり卵を握りしめ行ってしまった。それから金魚を抱きしめていたときみたいに、また卵を孵化させようとし始めたのだ。

あのヒヨコが結局孵化したのだったかどうか、そのことは忘れてしまった。ただそのときの情景がとても温かいものだったことを覚えている。卵は静かにおかあさんのブラジャーの隙間に収まって、明かりは暗く調整され、おかあさんは布団に横になって、枕に寄りかかり、布団を胸の辺りまで軽くかぶせ、胸の中の宝物を見ていた…… 私はこう思った。もしかしたら私自身、こうやって生まれてきたのじゃないかと？

話がだいぶそれてしまった。金魚の話だった。うちではおかあさんが金魚を溺愛していたが、その次といえば、おばあちゃんも金魚に対してかなりの愛情を持っていた。おばあちゃんがいちばん働き者で、何日かごとに水槽の水を替え、毎朝決まった時間にエサをやり、あれこれと世話を焼いた。ちょっと暇になると椅子を金魚の水槽の反対側に持ってきてニコニコと見ていた。

大きな声で、「またフンをしたよ！ くそったれ、こんなに長い金魚のフン。恥ずかしくないの？（金魚は申し訳なさそうに、なんでそんな大声で言うの……と言ってるみたいだった。）」

そうかと思うとまた、「この婆さんがお前みたいな食いしん坊は殺しちゃうぞ。他のやつがやっと一つ食べたかと思うと、お前は五つも食べて。何度言ったらわかるの？ 一人三つだよ。一人三つ！ どうあっても、そんなに……。」

またこうも言った。「もし言うことを聞かないんなら、この婆様が、お前を捕まえて川に捨てて亀に食べさせちゃうよ！」でもその金魚はおばあちゃんの言うことを気にもとめなかった。

そこでおばあちゃんは次に言い方を変えた。「お前が言うこと聞かないなら、お前を捕まえてお椀の中に入れて三日三晩何も食べさせてやらないから。」と。これにはあの魚も静かになったようだ。

おばあちゃんが最も気に入らないのは金魚たちがあまり大きくならないことだった。おばあちゃんはいつもブツブツ、「……二、三年も育ててるのに指一本の長さにしかならない……まったく婆様のエサを無駄にしたな……。」と言った。おばあちゃんの言いたいことはおそらく、この金魚は少なくとも三十～六十センチ位に大きくならないと、春節のときにさばいて食べるのには……ということかもしれない。

私といえば、もちろんこの魚たちが好きだった。なぜなら金魚もうちのものじゃない。よく考えると、私はただ「金魚は私のもの」だから好きだった。おばあちゃんとか、おかあさんとかに比べると……恥ずかしいけど。でも私は、本当に家にこんなものはいてもいなくても同じじゃないのと思っていた。きれいといえばきれいだけど、やっぱりすごく面倒だもの。しかも金魚より私たちにはもっともっと大事なやらなくちゃならないことがあるから、こんなことに時間を割くべきじゃないって思うんだけど……。

でも、もっと重要な事柄って、もっと時間をかけるべきものって、最後まではっきりわからない。そう、じゃなかったら、こんな生活を送れるのかな？　とりわけうちのおかあさんとおばあちゃんは。彼女たちの年齢で望む幸福のすべてや素晴らしい生活に対する理解とは、私ときっと同じじゃないでしょう。この紅土地で、私が思うのは、いつかここを離れるときがくるということ。でもおかあさんやおばあちゃんはきっとこう思っているでしょう。ここでずっと暮らしていくのも悪くはないさ、って……。

金魚たちは水の中で泳ぎ、まるでこの世のものとは思えない花びらのようだった。細かな鱗が水の渦のあるところで煌めいていた。世界には永遠にこんな輝きを放つ宝石は他にないだろう。金魚のヒレや尾っぽがユラユラと揺れると、まるで音楽が周りに流れているようだった。金魚は水の中に放たれた舞だ。彼らは軽々と上昇し、きれいな尾っぽをヒラヒラと広げ、まるで二つの腕を広げるように透明のヒレを広げた……またゆっくりと沈んでいき、私のほうへ泳いでくる。魚が水の中を泳げるということは、鳥が空を飛んでいるのと同じように不思議で、美しい夢に満ちていた。

いつもあんなふうに長いこと見ていると、渇望さえも次第に眠りに陥って行き、だんだんと金魚の世界に入りこんでしまう。渇望も無限の液体になり、私を飲み込み、四方から反射し、透明なのに色鮮やかなものになった。だから、私は世界で最も素晴らしい人になって、腕を上げて沈黙の中で軽く動かすと、光は四方八方から集まり輝いたかと思うと、一点に集まり消えてしまった……ちょうどこのとき、金魚が前から泳いできて、私を通り抜けて行った。私は沈んでいるのか、それとも浮かんでいるのかもわからなかった。また、眠りにつこうとしているのか、やっと目が覚めたばかりなのかわからなくなった……。

でも、たとえそのときでさえ、忘れることができなかった。金魚に関するあれだけ多くの記憶は、実は散々だったってことを。何年も、何年も前、金魚と水槽を置いた部屋はみすぼらしくお粗末だった。でもどうしても変えようがないことを我慢しなくてはならなかった……何年も何年も前、あの雨がずっと降り続き、あの屋根がずっと雨漏りして、部屋全体が泥だらけになって、散々だったときのこと。そこには天井もなく、屋根の桁と垂木は積年の煙と埃で真っ黒だった。壁はなんとも湿っぽくて、汚れていて黴が生えていた。そこにあった家財道具は全部、唯一の乾いた場所に乱雑に積み上げられ呻き声をあげていた……そんなとき、この金魚の水槽だけ清潔で、唯一の明るい場所に美しく置かれ、明るく透き通っていた。それはまるで暗い家の出口で、天国の静かさが向こう側に光っていた。

でも、この紅土地では、生活はすでに多くの部分で安定し、劣悪な天気だけが私たちの気持ちを動揺させた。春には、砂嵐の中の大地は、空から地面に至るまでまったく絶えることなくうなり続け、遠くの野原の樹木は激しく揺れた。風が吹き続き、雨が降り、霰が降った。空は暗く、昼になっても、部屋の中の暗さはロウソクを灯さなくてはならなかった。私たちは、早々とご飯を作って食べ、それからベッドに横になった。この家が私たちに代わってすべての世界を受け止めていた。あんなときもし金魚がいなかったら、空っぽの水槽はロウソクに静かに照らされ、中にはわけのわからないものが積まれ埃で満ちていただろう。もし金魚がいなかったら、この日の嵐はその中心を失っていたかもしれない――静寂な中心を……あのときの世界はまったく混乱のかたまりになっていたかもしれない。

水槽の水は微動だにせず、この水面はまるで皮膚のようで、敏感に痛みを感じているようで触ることができなかった。金魚たちは透明な水の中に静止した一塊の色彩になって、まるで今にも溶け出してしまいそうだった。魚たちはまたゆっくり泳ぎ回った。透明な世界の中の静かな歌声のように。私たちが暗い場所のベッドに横になったまま、水槽のほうに顔を向けると、荒れ狂う暴風雨をくぐり抜け、雲間から一筋の光が、狭くて小さな窓を通り、部屋の空気を通り抜け、水槽に斜めに差し込んでいるのが見えた。金魚は清潔で純粋で、あでやかな体でその光の束の中で穏やかに泳いでいた。この混濁した世界の中で、一個の明るく澄み切った宝石みたいだった。あんな宝石と向き合うと、たとえすでに世慣れし始めた粗雑な心でも、奇跡が見える気がした。

たとえば、もし金魚がいなかったら、同じ日々の中で私たちはあれやこれやと忙しかったことだろう。たとえば金魚がいなかったとしたら、おかあさんは一生懸命花を育てていただろう。いつもそうだった。生活が少し安定すると、おかあさんは永遠に安定していけると考えるようだった。そして突然、古い空き缶や壊れた洗面器のようなもので窓辺を埋め尽くし、材木運搬の運転手に頼んで山の森林地帯から最もよい黒土を持ってきてもらって、羊の糞と混ぜて洗面器や空き缶を満たした。でも、花がなかった。そこで彼女はまた、多くの時間と精力を費やして花を探した。おかあさんが町へ行って戻って来るとき、大雪で道が閉ざされ馬橇に一日中座って、暗くなってやっと私たちの橋頭《チャオトウ》の家に帰って来たことがあった。おかあさんは体を振るって雪をはたき落とし、まつげや眉毛、そしておでこに張った厚くて白い霜やツララをふるい落とした……そして、懐から大事そうに一枝の弱々しい緑の茎をとりだした。

そう、もし金魚がいなかったとしても、生活はやっぱり何も変らず、大体同じだっただろう。もし金魚がいなかったら、きっとうさぎ、ドジョウ、野鴨、アヒル、亀、タニシ、鳩、羊、イワシャコ、呱啦鶏《クワラジー》、トビネズミ、リス、尻尾のないハツカネズミ、キジバト、いろんな色の猫や犬、生まれ続けるニワトリ……それから雀。

最後に私はやっぱり理解できるはずだ。私たちがどうしてこんな生活をするのかって。

まだカウトゥの小さな町にいた頃、近所にはたくさんの小さい子どもたちがうちの金魚にあれこれ言いに来てうるさかった。学校が終わると家のガラス窓にはずらりと子どものほっぺが張り付き、ワイワイああでもないこうでもないと言っていた。よくよく聞いてみると、なんとある子はいつ盗みに入ろうか、盗んでから瓶に詰めようか、箱に詰めようかなどと相談していた。

四歳の小さなマリアという子はもっと周到に考えていた。いつも家に来るとき、二本のソーダ水の瓶を持ってきた。彼女に何に使うのと聞くと、彼女は、「一本には黒い魚を入れて、一本には赤い魚を入れて……。」と言った。よく言うわ。うちには全部でこの二匹の金魚しかいなかった。

蛋蛋《ダンダン》家の徐徐《シーシー》ちゃん――蛋蛋は徐徐のお父さんだ――は、とても可愛かった。いつも子どもたちの中にあっては女王様で、野蛮で横暴だった。でも金魚の前に来ると、いい子になって静かで、その表情は嬉しそうで、かつつらそうだった。彼女は水槽にくっついて、飽きずにしばらく見入って、手を水の中に差し入れようとしたり、躊躇ったり、ちょっと水に触ると手を引っ込め、「きゃっ……。」と言って後ずさりした。

うちのおかあさんはあははと笑って「金魚っていいでしょう?」と言った。私はこの甘く、ちょっと嘘っぽいことばを聞くとすぐに何が起きるかわかった。この辺りの子どもがする悪いことって言えば半分以上がうちのおかあさんが唆している。

「うん、きれい……仕立て屋のおばあちゃん、※夜になったら金魚はどうするの?」

「あ、夜ね、夜になると金魚を水の中からすくって、ベッドに乗せてお布団かけて寝るんだよ……。」

「えっ、そうなの!」徐徐はとっても不思議そうだった。

うちのおかあさんはもう一歩誘うように、「金魚好き?」と聞いた。

「うん。でもうちの家にはいないの……。」

「へぇ、もともと、このおばあちゃんの家にもいなかったんだよ。しばらくしておばあちゃんが町（県域）から買って帰ったんだよ。」――嘘つき！　町のどこに売っているというの、ウルムチから買って帰ったんじゃないの。

「町で売ってるの？」

「そうよ、売ってないわけないじゃない。でもね、仕立て屋のおばあちゃんが買いに行ったときには、五匹だけだったから、二匹だけ買ったの、だから後三匹だけ残ってる。徐徐、ほしいなら早く買いに行かないと、遅くなると、一匹もいなくなっちゃうよ……。」

「えーっ？　……。」徐徐は口をゆがめて泣きそうになりながらぐっとがまんした。

「おかあさんは買ってくれるわけないもん。お父さんも買ってくれるわけないもん……。」

「買ってくれないわけないでしょう。お父さんもおかあさんも徐徐ちゃんしか宝物のような子どもがいないんだから、きっとOKしてくれるわよ！」

「買ってくれるわけないもん。わけないもん。」

「買ってくれるわよ。絶対買ってくれるって。徐徐、遅くなるとなくなっちゃうのよ。もともと五匹で、おばあちゃんが二匹買って帰っちゃったでしょう、あと三匹しか残ってないのよ。あ～あ、

※漢民族の習慣では、小さい子どもから見て母親世代の別の女性がおばさんで、その上の世代はおばあちゃんとなる。

もうこんなに何日も経っちゃったから、今何匹残ってるかわからないけどね。」

「お父さんもおかあさんも私に買ってくれるわけないもん……。」

「そんなわけないわよ。仕立て屋のおばあちゃんの言うことを聞いて。もし徐徐ちゃんに買ってくれないなら、徐徐ちゃんは泣けばいいのよ。一生懸命泣けばいいのよ。」

「泣いたって買ってくれないもん。」

「あ～ら、泣いても買ってくれないなら、地面でごろごろやって、ご飯も食べないで、そして眠りもしなきゃ……。」

まったく私が小さい頃どうやって成長してきたのか……。

思った通り、その夜、蛋蛋の家では一晩中大騒ぎで、泣き喚き、どたん、ばたん、ドアを開ける音やら、途切れ途切れに小さい子が金切り声で反抗する声が聞こえてくる始末。

「……いるんだってばぁ、早く買いに行かないと、あと三匹しかいないんだって……もし間に合わなくなっちゃったら……あたし・ごはん・食べない・んだから！　食べないって言ったら、食べないもん！　……。」

ご当地のカザフの農民たちは顔の皮膚がざらざらしていた。それは何世代にもわたって砂嵐に身を晒され、その多くがアルタイの冬や夏の牧場を離れたことがなかったからだ。だから金魚のような煌《きら》びやかで珍しい妖精たちはまったく彼らの想像の外をさまようものだった。おそらく本や、絵カードの中でこういうイメージを見たことがあったかもしれないが、ある日、目の前に突然現れたら、誰でもびっくりしてしまうだろう——こんな魚は川の中にいるあの真っ黒でこそこそした魚たちとはまったく違うんだもの。金魚たちはまるで花のような体型と彩りをしていた。

彼らが振り向けば窓の外に広がるのは、無限のゴビ砂漠の土埃の中の牛や羊や、果てしなく続く遠い山々だ。ここは地球上の最も辺鄙な片隅で、世界でもっとも海から遠い場所だった……再び振り返って水中の妖艶な妖精たちを見れば、もっと不思議だったはずだ——

「神さま！」

「きっとプラスチックだよ！」

プラスチック？　仕立て屋のおばあちゃんはほとほと屈辱に感じたらしく、すぐさま水槽から一匹捕まえ、その人の手のひらに載せ、彼らにはっきりと見せようとした。なのに、なんとその金魚は少しも抵抗しなかったのだ。いつもなら水槽の中をあちこち泳ぎ回り一分だって静かにしたことがないのに。このときに限ってなぜかポカンとその人の手のひらに横たわり、じっと死んだフリをしたのだ。

ピンク色のバス

ピンクのバスが来るようになってからというもの、私たちは町に行くのに二度と小型マイクロバスには乗らなくなった。小型マイクロバスは一人二十元だったが、ピンクのバスは十元でよかった。やや大きめの荷物を持って乗ると小型マイクロバスは別料金が必要だったが、このバスなら適当に積めばよかった。もっと大事なのは、ピンクのバスは発車の時間がいつもほぼ時間通りだった。小型マイクロバスは、人がいっぱいになってやっと出発したからいつも時間を無駄にした。

「ピンクのバス」は実は一台の中型バスだった。運転手さんは太っちょの愉快な人で、遠くの雪原で誰かがよろよろ埋まりそうになりながらやって来るのを見つけると嬉しそうにブレーキを踏んで「ワハハハ、十元がやって来たぞ。」と笑った。車中の子どもたちはいっせいに「シューィ」と馬を引く声を出した。

私と六十元（分の人）を、エンジンと前の座席間のところにねじ込めばもう満員だった。でも車がウェンドハラ村に着いたときにまた五十元（分の人）と二頭の羊を押し込んできた。今度は肘さえ動かせなくなり、二頭の羊の上に乗りたくなったくらい……人が多くなれば暖房のない車の中でさえ暖かくなってくるのはよかったが。すると後方部に座った何人かの男たちはお酒を飲み始め、楽しそうに飲めや歌えやの騒ぎになった。そして一時間後にはケンカが始まり、運転手は彼らをみんな下車させてしまった。これでずいぶんと楽になった。

ウルングル川一帯は村もまばらだったが、それでも毎日ピンクのバスに乗って県城（町）に出かける人や、チャクルトゥの町に行こうという人は少なくなかった。毎日早朝五時にならないうちにバスは出発し、ひとりぼっちで一つまた一つと真っ暗な村々を過ぎ、道々クラクションを鳴らすと沿道の家々に一つひとつ灯りがともり出した。クラクションの音が一つ前の村に鳴り響いていると き、次の村の人は準備を始めてちょうどいいくらいだった。厚着した人たちが大雪で埋まった公道の道端に押し合いへしあい立っていて、荷物は足元の雪の上に置いてあった。

アクハラはこの一帯でもっとも西よりの村で、だからこのピンクのバスが毎日通るときにいつも最初に通るのがここだった。私もいつもいちばん目に乗車した。車両の中はガラガラで冷え冷えとし、吐く息が濃く見えた。運転手はエンジンのブルブル言う音の中で大きな声で挨拶してくれた。「よぉ、元気か、娘さん？　体は問題ないか。」と言いながら、助手席の上から重い羊革のチョッキを投げてよこしてくれた。私は急いで受けとって膝の上にかけた。

朝五時、夜はまだ深く、風雪もゴーゴーとひどく唸った。ゴビ砂漠はだだっ広く、沿道には一本の木もなかった。運転手さんがどうやって道を判別しているのかも本当にわからなかった。でも車を積雪に覆われた道から外して、やはり雪に覆われた路盤の下へ運転して行くようなことは決してなかった。

空がだんだんと明るくなってくると、車内は人でいっぱいになった。でもそれでも本当に寒かった。長い時間、零下二十～三十度の空気の中で待っていると、私は凍えてもうがまんできなくなった。突然いちばん前の席と、座席前のエンジンの上に向かい合って座っている二人の太った老人を見て――あそこはきっととても暖かいはず！　と、おかまいなしに入って行き、おじいさんたち二人の隙間に無理やり割り込んで、彼らの足元に積んである荷物の上に座った。これで思ったとおりずいぶん暖かく気持ちがよくなった。でも、しばらくすると彼ら二人が夫婦であることに気がついて恥ずかしくなった。

途中二人のお年寄りはずっと手を握り合っていたが、その握り合った手を置く場所がなく、それで私の膝の上に置いた……私の手もどこに置けばいいかわからずおじいさんの太ももの上に置いた。しばらくするとおじいさんはもう一方の大きな手で私の手をぎゅっと握って温めてくれた。そして何かボソボソと言ったようだった。すると奥さんのほうもしきりと私のもう一方の手を温めてくれた。だから道中、私は何度も手を引っ込めようとしたが、すぐさま摑まれてしまった。なぜかわからないけど、私の手はいつもそんなに冷たかったから……。

車の中は人がどんどん増えていき、途切れることなく人が乗り降りした。でもほとんどがちょっと乗せてもらっているだけで、風雪に向かって村から歩いて来て別の村まで行こうとして丁度ピンクのバスが通りかかったから、手を上げて止めたのだ。実はこれも止めたというほどのことではない。車が人の前に来れば必ず止まり、車のドアの辺りに座った人がドアを引っ張って、大声で「乗らないか？　早く！　まったく寒いから……。」と声をかけた。

日曜日、このバスに乗る人はいちばん多かった。その多くは下流にある漢民族の村から町の学校に戻る漢民族の子どもたちだった。（この一帯には漢民族の学校は無かった。）一人ひとりリュックを背負い、村の入り口で待っていた。車が止まると父親が先に乗り込んで来て、左右をよけて荷物を置き、座れる場所を作った。そして後ろを振り向き「おい。ここに座れ。」と言い、また吠えるように「ほら、マントウ持ったか。」と聞いた。

毎度こういうとき、運転手の代わりに失望したものだった。だって二十元分（つまり二人）乗ってきたのかと思ったのだから……。

そのお父さんは子どもをちゃんと座らせると、また人を押しのけながら車のドア口まで行き、運転手に向かって大きな声で「これは俺んちの子どもの切符代だ、子どもの金は払ったからな。俺の子どもは帽子をかぶってるから、運転手さん忘れるなよ。」と言った。

「わかったよ。」

「あのいちばん後ろのほうの帽子をかぶったやつだよ。」

「わかってるよ。」

「運転手、俺んちの子どもは帽子をかぶってんだよ、覚えたか？」

「わかったよ、わかったよ。」

それでもまだ安心できないと見えてまた車の中のもみくちゃになっている客の頭の上を飛び越すような大声で、「おい、お前跳び上がって、運転手さんにお前の帽子を見せな。」と呼びかけた。

このとき、みんなは乗下車に忙しく、荷物を整理していたから、その子は何度か跳んでみようとしたが、私たちは彼の頭を見ることができなかった。

「わかったよ、わかったよ。跳び上がんなくていいよ……。」

「運転手さん、うちの子は帽子をかぶってるからな、うちの子の切符代はもう払ったからな……。」

「ほら出発するから、乗って行かない人は早く降りて降りて。」

「おーい、帽子を運転手さんに見せなって、聞こえないのか？」

　車は村と村の間をうねりながら、ほとんどすべて道の入り口で誰かが待っていた。ある人は乗って来るし、またある人はただ一言「明日四隊のハブトラが町に行くから、通りかかったらあいつを乗せるのを忘れるなよ。あいつの家は川辺の東側の二番目の家だから。」と頼んだりしていた。

あるいは、「パハンに言付けてくれ、まだお金が残ってたら、セロリを買って来いって。それから、早く帰って来るように言ってくれ。」と。

　またあるいは、「おかあさんが病気になっちまって、悪いが町で薬を買って来てくれないか？」とか、他にも、何通かの手紙を運転手に持って行ってくれと頼んでいた。

　車内は混み合っていたが、それでも秩序があった。老人たちは前のほうの席に座らされていたし、若い人は通路の荷物の山の上だった。でも子どもたちは全員一人ひとりエンジンのカバーの上に座っていた。そこは厚みのある敷物が敷かれていて、子どもたちはお互い知り合いではなかったが、年が少し上の子は普通にみんなの面倒を見ていた。少し大きいといっても六～七歳に過ぎなくても。その子はずっと自分のそばの三歳位の小さい子の背中の荷物を上に持ち上げてやったり、小さい子がしっかりと安定して座っていられるようにした。その小さい子が手袋をはずす度に、彼は飽きることなく拾ってまたはめてやった。

それから私の正面には、二歳位の子どもがずっと座っていた。真っ赤なほっぺに、真っ青な目で静かにじっと私を見ていた。二〜三時間、ずっと同じ姿勢を保ち、まったく動かず、もちろん泣いて騒ぐこともしなかった。

私は大声で、「どこの子なの？」と聞いても、誰も返事をせず、車内はいびきが聞こえるだけだった。

私はまたその子に聞いた、「おとうさんは誰？」彼は青い目を瞬きもせず、私を見た。

彼の手が冷たくないかどうか握ろうとすると、なんと手を伸ばしてきて、二つの腕を急いで私のほうに広げて体を預け抱いて欲しそうにした。胸がキュンとした……この子の体は小さくて柔らかく、懐に抱きとめると小さい頭をちょっとかしげ、直ぐに私の腕の中で眠ってしまった。途中私は、できるだけ体を動かさないようにした。腕の中の小さな子の静かで孤独な夢を邪魔したくなかった。

訳者あとがき――李娟と私

河崎みゆき

それは二〇一二年末のことだった。私は当時勤めていた上海交通大学の広大なキャンパスを歩きながら、新聞記者の友人が調べてくれた李娟《リージュエン》の携帯番号にドキドキしながら電話をかけた。簡単な自己紹介のあと、「あなたの作品『アルタイの片隅で』を翻訳して日本に紹介したいと考えていますがいいですか」と聞いた。遠い電話の向こうから、「ありがとうございます。大変ですがよろしくお願いします」と返ってきた。誠実な、気取りのない声が本の中の〝私〟そのもので「あぁ、同じ人だ」と嬉しくなった。見上げた冬の空は、青に薄っすら白い筋雲が浮かび、李娟の住むアルタイの空に続いているように思えた。

李娟（リー・ジュエン）

一九七九年七月二十一日、新疆生産建設兵団生まれ、本籍は四川省。中国を代表する現代作家の一人。一九九九年頃から、遊牧民の生活などを題材にした散文を中国のリベラル紙『南方週末』や『文匯報』に投稿し、コラムを持つようになった。

二〇〇三年に初めての散文集『九篇雪』を、二〇一〇年に本書『阿勒泰的角落（アルタイの片隅で）』を出版した。その後『冬牧場』『羊道』などを相次いで出版、茅盾文学賞、人民文学賞、上海文学賞など数多くの賞を受賞している。二〇一八年、『遥遠的向日葵地（遥かなるひまわり畑）』で中国最高の文学賞・魯迅文学賞に輝く。

本書『アルタイの片隅で』は、李娟が二十歳前後に『南方週末』などに発表した作品を集めた散文集で、李娟の母親が中国アルタイの遊牧地域で開いた裁縫店兼雑貨店にやって来る人や生活を描いた物語だ。

アルタイ地区は新疆の北部に位置し、カザフ族が人口の半分を占める。乾燥し痩せた地味から、彼らは羊の飼料や水を求めて、一年中、北と南を行き来する。漢民族の李娟たちの店も、遊牧民の移動に合わせて移動して行く。冬はマイナス三十度にもなり、夏には滴る緑……李娟は、そんな生活を通じ、目にする景色や、自身の家族や周囲の人々などを平明でユーモラスな筆致で描き出している。それは読む人に瑞々しく、他にない心地よさを感じさせてくれる。

私が、初めてこの作品を知ったのは、上海の大学に移り、知り合いから仲間の詩人や芸術家たちを紹介してもらい、刺激的な面白い人に出会う一方、権威主義的な人々に辟易していたときだった。

電話する一か月ぐらい前、インターネットで中国中央テレビ局の本の紹介番組を遡って見ていたとき、心に残ったのが、李娟のこの本だった。

司会者は本の最初の一篇「ある普通の人」を紹介していた。

次はいつ会えるかわからない遊牧民を相手に、〝ツケ〟での支払いを許して商売をしている主人公たちと、自分が何を買ったかを忘れても、台帳に残された自分の筆跡を見て、最後まで責任を持って支払いを終える遊牧民の男性。日本円にして千二百円を四回分割で支払う。なんという清貧、なんという生真面目さ。

アルタイという世界の片隅の雑貨店。それはきっとコンビニよりも小さな店だけれど、遊牧民たちにとっては、まるで百貨店のようなワンダーランドだったに違いない。

人と人が出会い、たとえば、カザフ語と中国語のトンチンカンな言語接触の交流でも、相手に対して分け隔てのない目を持つこと、生真面目に生きること。

李娟の書くものの中から見えてくる生きることへの誠実さ、静かさと強さは、中国文学という枠を超える。私たちは、どんな環境にあっても、人にも自分にも誠実に創造的に生きることができるのだ。

これらの翻訳は、ｉＰａｄを常に持ち歩き、上海で大学の仕事の合間や、休みの日に旧フランス租界のプラタナスの並木道を見下ろすカフェで、少しずつ訳したためたものだ。

李娟に、日本で出版したいと言ったものの実は出版の当てがあったわけではなく、翻訳を終えた後、結局、李娟が紹介してくれた北京の外語教学与研究出版社の劉喆さんが、訳文を中国作家協会の翻訳出版基金に申請してくれたおかげで、中国作家協会の中国当代作品翻訳工程（中国現代作品翻訳プロジェクト）の助成を得て出版できることになった。今回は李娟の許しを得て、原著の三十四篇から十一篇ほど間引かなくてはならなかった。続編を出せる日が来ることを願っている。

幸いなことに、二〇一七年に出版された『冬牧場』の翻訳も終わり、別の出版社からではあるが今秋、出版される予定だ。読者の皆様には、『アルタイの片隅で』から十年を経て成長した李娟の作品も引き続きお読みいただきたい。

最後に、本書の出版にご尽力くださった立教大学舛谷鋭教授、そのご友人でもある株式会社インターブックス松元洋一社長に心からお礼を申し上げます。

二〇二一年八月　於東京

李娟［リー・ジュエン］

作家。一九七九年、中国新疆生まれ。一九九九年頃から、新疆北部のアルタイ遊牧地域で、母親が営む雑貨店を手伝いながら散文を書き始め、「南方週末（Southern Weekly）」紙などにコラムを持つようになる。二〇一八年、『遥遠的向日葵地』で中国文学における最高栄誉の魯迅文学賞を受賞。他にも上海文学賞、人民文学賞、第二回朱自清散文賞など、多くの文学賞を受賞している。代表作は『冬牧場』『羊道』三部作など。

河崎みゆき

國學院大學大学院非常勤講師。専門は日中対照言語研究および社会言語学。著書に『漢語〝角色〟研究（中国語の役割語研究）』（北京、商務印書館、二〇一七年）。また中国語で書いた詩や散文が『香港文学』『香港作家』などに採録されている。

アルタイの片隅で

二〇二一年九月二七日　初版第一刷発行
二〇二三年三月一五日　二版第二刷発行

著　者　李娟（Li Juan）
訳　者　河崎みゆき

発行者　松元洋一
発行所　株式会社インターブックス
〒一〇二－〇〇七三　東京都千代田区九段北一－五－一〇
TEL：〇三－五二一二－四六五二
FAX：〇三－五二一二－四六五五
Email address：books@interbooks.co.jp
Website：https://www.interbooks.co.jp

印刷・製本　日経印刷株式会社

Printed in Japan　ISBN978-4-924914-69-8 C0098